Translated Language Learning

Les Aventures d'Alice au Pays des Merveilles

Alenčina Dobrodružství v Říši Divů

Lewis Carroll

Français / Čeština

Dans le Terrier du Lapin
Dolů Králičí Norou

Alice commençait à être très fatiguée
Alenka začínala být velmi unavená
Elle était assise à côté de sa sœur sur le talus d'herbe
Seděla vedle své sestry na trávníku
Mais elle n'avait rien à faire
ale neměla co dělat
Sa sœur lisait un livre
její sestra si četla knihu
une ou deux fois, Alice jeta un coup d'œil dans le livre
jednou nebo dvakrát Alice nakoukla do knihy
Mais le livre ne contenait ni images ni conversations
ale v knize nebyly žádné obrázky ani rozhovory
« À quoi sert un livre sans images ? » pensa Alice
"K čemu je kniha bez obrázků?" pomyslila si Alenka
« Pourquoi un livre n'aurait-il pas de conversations ? »
"Proč by v knize neměly být žádné rozhovory?"
Mais elle avait d'autres choses à considérer
ale musela zvážit i jiné věci

« **Faire une chaîne de marguerites serait un plaisir** »
"Vyrobit řetízek ze sedmikrásek by bylo potěšením"
« **Mais cela vaut-il la peine de se lever et de cueillir les marguerites ?? »**
"Ale stojí to za tu námahu vstát a natrhat sedmikrásky??"
Ce n'était pas si facile d'y penser
Nebylo tak snadné o tom přemýšlet
parce que la journée la rendait somnolente et stupide
protože ten den se cítila ospalá a hloupá
Mais soudain, ses pensées s'interrompirent
ale náhle byly její myšlenky přerušeny
un lapin blanc aux yeux roses courait près d'elle
těsně kolem ní běžel Bílý Králík s růžovýma očima

Il n'y avait rien de trop remarquable chez le lapin
Na králíkovi nebylo nic přemalebného
et Alice ne trouvait pas non plus le lapin remarquable
a Alence se také nezdálo, že králík je pozoruhodný
elle ne s'étonna pas non plus quand le Lapin parla
a nepřekvapilo ji, když Králík promluvil
« Oh mon Dieu ! Je serai trop tard ! se dit-il

"Ach bože! Přijdu pozdě!" řekl si

mais alors le Lapin a fait quelque chose que les lapins n'ont pas fait

ale pak Králík udělal něco, co králíci nedělali

le Lapin tira une montre de la poche de son gilet

Králík vytáhl z kapsy u vesty hodinky

Il regarda l'heure puis se hâta

Podíval se na čas a pak pospíchal dál

Alice se leva, stupéfaite

Alenka se udiveně postavila na nohy

Elle n'avait jamais vu un lapin avec un gilet auparavant !

Nikdy předtím neviděla králíka s vestou!

elle n'avait jamais vu non plus de lapin avec une montre !

A nikdy neviděla králíka s hodinkami!

Alice brûlait d'une nouvelle curiosité

Alenka hořela novou zvědavostí

et elle courut à travers le champ après le Lapin

a běžela přes pole za Králíkem

Elle était juste à temps pour voir le lapin disparaître

Byla právě včas, aby viděla, jak králík mizí

Le lapin sauta dans un grand terrier de lapin

Králík skočil do velké králičí nory

Un instant plus tard, Alice s'est mise à courir après le lapin !

V dalším okamžiku šla Alenka dolů za králíkem!

Le terrier du lapin continuait tout droit comme un tunnel

Králičí nora pokračovala přímo jako tunel

Et le tunnel a continué à avancer sur une certaine distance

a tunel pokračoval v běhu ještě nějakou dobu

Et puis le chemin s'est soudainement incliné

a pak se cesta náhle ponořila dolů

Alice n'eut pas un instant pour songer à s'arrêter

Alenka neměla ani chvilku, aby uvažovala, že by se zarazila

Elle s'est retrouvée à tomber et à tomber

zjistila, že padá dolů a dolů a dolů

Il semblait qu'elle était tombée dans un puits très profond

zdálo se mi, jako by spadla do velmi hluboké studny

Ou le puits était très profond, ou bien elle tombait très

lentement
Buď byla studna velmi hluboká, nebo padala velmi pomalu
parce qu'elle avait tout le temps de tomber
protože měla spoustu času spadnout
alors qu'elle tombait, elle pouvait regarder tout autour d'elle
jak padala, mohla se rozhlížet kolem sebe
D'abord, elle a essayé de comprendre où elle allait
Nejprve se snažila zjistit, kam má namířeno
mais le puits était trop sombre pour voir quoi que ce soit
ale studna byla příliš tmavá, než aby bylo něco vidět
Puis elle regarda les côtés du puits
Pak se podívala na stěny studny
Et elle remarqua qu'il y avait des placards tout autour d'elle
a všimla si, že všude kolem ní jsou skříně
et tout autour du puits il y avait des étagères de livres
a kolem dokola studny byly police s knihami
Çà et là, elle voyait des cartes et des tableaux accrochés à des piquets
Tu a tam viděla mapy a obrazy pověšené na kolíčcích
En passant, elle prit un bocal sur l'une des étagères
Když procházela kolem, sundala z jedné z polic sklenici
Le pot a été étiqueté pour son contenu
Nádoba byla označena svým obsahem
« MARMELADE D'ORANGES »
"MARMELÁDA Z POMERANČŮ"
Mais, à sa grande déception, le pot de marmelade était vide
K jejímu velkému zklamání však byla nádoba s marmeládou prázdná
Elle ne voulait pas laisser tomber le pot de marmelade vide
Nechtěla upustit prázdnou sklenici od marmelády
et sa chute fut très lente
a její pád byl velmi pomalý
Elle a donc réussi à mettre le pot de marmelade dans l'un des placards
Podařilo se jí tedy dát sklenici marmelády do jedné ze skříněk
Tombée, descendue, tombée !
Dolů, dolů, dolů padá!

La chute prendrait-elle fin ?
Skončí někdy pád?
Il n'y avait rien d'autre à faire
Nic jiného se nedalo dělat
alors Alice commença bientôt à se parler à elle-même
Alenka tedy brzy začala mluvit sama k sobě
« Je vais beaucoup manquer à Dinah ce soir, je pense ! »
"Mindě se po mně dnes večer bude moc stýskat, řekl bych!"
Dinah était le chat d'Alice
Minda byla Alicina kočka
« J'espère qu'ils se souviendront de sa soucoupe de lait à
l'heure du thé »
"Doufám, že si vzpomenou na její talířek s mlékem při čaji."
« Dinah, ma chère, je voudrais que tu sois ici avec moi ! »
"Mindo, má drahá, kéž bys tu byla se mnou!"
Alice sentit qu'elle s'assoupissait
Alenka cítila, že usíná
Et puis soudain, bruit sourd ! bourrade!
A pak najednou, bum! bouchnutí!
Elle tomba sur un tas de bâtons
Padla na hromadu klacků
et elle atterrit sur un tas de feuilles sèches
a přistála na hromadě suchého listí
et enfin la longue chute dans le trou était terminée
a konečně byl dlouhý pád do díry u konce
Alice n'était pas du tout blessée
Alenka se ani trochu nedotkla
Et elle se leva d'un bond au bout d'un instant
a ona v okamžiku vyskočila
Elle leva les yeux, mais il faisait noir au-dessus de sa tête
Vzhlédla, ale nad hlavou byla tma
Devant elle se trouvait un autre long couloir
před ní byla další dlouhá chodba
et le Lapin Blanc était toujours en vue
a Bílý Králík byl ještěv v nedohlednu
Il se hâtait dans le couloir
Spěchal chodbou

Il n'y avait pas un instant à perdre
Nesměla jsem ztratit ani okamžik
Alice s'enfuit comme le vent
Alenka utekla jako vítr
Au coin de la rue, le lapin s'est retourné
Za rohem se otočil králík
Elle était juste à temps pour entendre le lapin
Byla právě včas, aby slyšela králíka
« "Oh, mes oreilles et mes moustaches »
"Ach, moje uši a vousy"
« Comme il est tard ! »
"Jak už je pozdě!"
Elle était tout près derrière le lapin
Byla těsně za králíkem
Elle tourna au détour d'un autre coin
Zahnula za další roh
mais le Lapin n'était plus visible
ale Králíka už nebylo vidět
Elle se retrouva dans une longue salle basse
Ocitla se v dlouhé, nízké hale
La salle était éclairée par une rangée de plafonniers
Sál byl osvětlen řadou stropních lamp
Il y avait des portes tout autour de la salle
Po celém sále byly dveře
mais toutes les portes étaient fermées à clé
ale všechny dveře byly zamčené
Elle marcha tout le long d'un côté de la salle
Prošla celou cestu po jedné straně haly
et elle avait fait tout le chemin de l'autre côté de la salle
a došla až na druhou stranu haly
Elle avait essayé toutes les portes
Vyzkoušela všechny dveře
et elle marchait tristement au milieu de la salle
a smutně kráčela středem sálu
« Comment vais-je jamais en sortir ? »
"Jak se ještě někdy dostanu ven?"

Tout à coup, elle tomba sur une petite table

Náhle přišla k malému stolku

La table était entièrement en verre massif

stůl byl vyroben výhradně z masivního skla

Il n'y avait rien sur la table à part une petite clé dorée

Na stole nebylo nic než malý zlatý klíček

La clé pourrait appartenir à l'une des portes !

Klíč by mohl patřit k některým dveřím!

Mais, hélas ! Certaines serrures étaient trop grandes pour les clés

ale běda! Některé zámky byly pro klíče příliš velké

et pour les autres serrures, la clé était trop petite

a pro ostatní zámky byl klíč příliš malý

mais, en tout cas, la clef n'ouvrit aucune des portes

ale v každém případě klíč neotevřel žádné dveře

Mais que devait-elle faire ?

ale co měla dělat?

Elle traversa de nouveau le couloir

Znovu prošla halou

et cette fois, elle remarqua un rideau bas

a tentokrát si všimla nízkého závěsu

Derrière le rideau se trouvait une petite porte

Za záclonou byla malá dvířka

La porte avait une quinzaine de pouces de haut
Dveře byly asi patnáct palců vysoké
Elle essaya la petite clé dorée dans la serrure
Zkusila malý zlatý klíč v zámku
Et à sa grande joie, la clé s'est glissée dans la serrure !
a k její velké radosti klíč zapadl do zámku!
Alice ouvrit la porte
Alenka otevřela dveře
et elle trouva la porte qui donnait sur un petit couloir
a našla dveře vedoucí do malé chodbičky
Le couloir n'était pas beaucoup plus grand qu'un trou à rats
chodba nebyla o mnoho větší než krysí díra
Elle s'agenouilla et regarda le long du couloir
Poklekla a rozhlédla se po chodbě
et elle a vu le plus beau jardin que vous ayez jamais vu
a ona viděla tu nejkrásnější zahradu, jakou jsi kdy viděl
comme elle avait envie de sortir de cette salle sombre
Jak toužila dostat se z té temné síně
comme elle voulait se promener parmi ces fleurs lumineuses
Jak se chtěla toulat mezi těmi zářivými květinami
Comme ces fontaines avaient l'air cool et rafraîchissantes
jak skvěle vypadaly osvěžující ty fontány
Mais elle ne pouvait même pas passer la tête par la porte
ale nemohla ani prostrčit hlavu dveřmi
— Oh ! dit Alice d'un ton lugubre
"Aha," řekla Alenka smutně
comme je voudrais pouvoir me plier comme un télescope !
"Jak bych si přála, abych se mohla složit jako dalekohled!"
« Je pense que je pourrais me plier comme un télescope »
"Myslím, že bych se mohl složit jako dalekohled"
« Si seulement je savais par où commencer »
"kdybych jen věděl, jak začít"
Alice retourna à la table
Alenka se vrátila ke stolu
Il y avait la chance de trouver une autre clé
byla tu šance najít jiný klíč
Ou il pourrait y avoir un livre de règles

nebo by mohla existovat kniha pravidel
Le livre pourrait lui apprendre à se plier comme un télescope
Kniha by jí mohla říct, jak se má složit jako dalekohled
Cette fois, elle trouva une petite bouteille
Tentokrát našla malou lahvičku
« cette bouteille n'était certainement pas là auparavant, » dit Alice
"tahle láhev tu určitě ještě nebyla," řekla Alenka
et autour du goulot de la bouteille était attachée une étiquette en papier
a kolem hrdla láhve byla uvázána papírová etiketa
L'étiquette était magnifiquement imprimée en grandes lettres
štítek byl krásně vytištěn velkými písmeny
« BOIS-MOI »
"VYPIJ MĚ"
« Non, je vais regarder d'abord », a-t-elle dit
"Ne, nejdřív se podívám," řekla
« Je vais voir si la bouteille est marquée comme toxique ou non, »
"Podívám se, jestli ta lahvička není označená jako jedovatá nebo ne,"
Parce qu'elle n'a jamais oublié la leçon sur le poison
protože nikdy nezapomněla na lekci o jedu
« Si une bouteille est étiquetée comme toxique, elle est forcément en désaccord avec vous »
"Pokud je láhev označena jako jedovatá, určitě s vámi nebude souhlasit"
Cependant, cette bouteille n'a pas été marquée comme toxique
Tato lahvička však nebyla označena jako jedovatá
alors Alice se hasarda à goûter le contenu de la bouteille
a tak se Alenka odvážila okusiti obsahu lahvičky
Elle trouva le liquide tout à fait à son goût
Tekutina jí přišla docela podle jejích představ
La boisson avait une sorte de saveur mélangée
nápoj měl jakousi smíšenou chuť

tarte aux cerises, crème pâtissière et ananas
třešňový koláč, pudink a ananas
Rôtir la dinde, le caramel et le pain grillé au beurre chaud
pečený krocan, karamel, toast s horkým máslem
et elle finit bientôt la bouteille
a brzy láhev dopila
« Quelle curieuse sensation ! » dit Alice
"Jaký to podivný pocit!" řekla Alenka
« Je me plie comme un télescope ! »
"Skládám se jako dalekohled!"
Et elle se repliait comme un télescope !
A ona se skládala jako dalekohled!
Elle n'avait plus que dix pouces de haut
Byla teď jen deset palců vysoká
et son visage s'éclaira à ses pensées
a tvář se jí rozjasnila při pomyšlení
Maintenant, elle était de la bonne taille pour la petite porte
Teď měla tu správnou velikost pro malá dvířka
Maintenant, elle pouvait aller dans ce joli jardin
teď mohla jít do té krásné zahrady
Bientôt, elle a cessé de devenir plus petite
brzy se přestala zmenšovat
Elle décida d'aller tout de suite dans le jardin
Rozhodla se, že půjde ihned do zahrady
mais, hélas pour la pauvre Alice !
ale běda ubohé Alence!
Elle arriva à la porte
Dostala se ke dveřím
Mais elle avait oublié la petite clé d'or
ale zapomněla na ten zlatý klíček
Elle retourna à la table pour prendre la clé
Vrátila se ke stolu pro klíč
Mais elle s'aperçut qu'elle ne pouvait pas atteindre assez haut
ale zjistila, že nemůže dosáhnout dost vysoko
Elle pouvait voir la clé très distinctement à travers la vitre
Přes sklo viděla klíč docela jasně

Elle essaya de grimper sur les pieds de la table
Pokusila se vylézt na nohy stolu
Mais le verre était beaucoup trop glissant
ale sklo bylo příliš kluzké
Finalement, elle s'est fatiguée à essayer
Nakonec se pokusy vyčerpaly
et la pauvre petite fille s'assit et pleura
a ubohé děvčátko se posadilo a plakalo
Alice se parlait à elle-même assez vivement
Alenka mluvila k sobě dosti ostře
« Allons, ça ne sert à rien de pleurer comme ça ! »
"No tak, nemá smysl takhle brečet!"
« Je vous conseille d'arrêter tout de suite ! »
"Radím vám, abyste okamžitě přestal!"
Elle se donnait généralement de très bons conseils
Obecně si dávala velmi dobré rady
bien qu'elle suivît très rarement ses propres conseils
i když se jen velmi zřídka řídila svými vlastními radami
Et elle était parfois trop dure envers elle-même
a někdy na sebe byla až příliš přísná
et ses paroles lui firent monter les larmes aux yeux
a její slova jí vehnala slzy do očí
Bientôt, son regard tomba sur une petite boîte en verre
Brzy padl její zrak na malou skleněnou krabičku
La petite boîte de verre était posée sous la table
Malá skleněná krabička ležela pod stolem
Dans la boîte en verre se trouvait un tout petit gâteau
Ve skleněné krabici byl velmi malý dort
Sur le gâteau, quelques mots étaient magnifiquement écrits
Na dortu byla některá slova krásně napsaná
les mots avaient été marqués dans des groseilles
Slova byla označena rybízem
« MANGE-MOI »
"Sněz mě"
« Eh bien, je vais manger le gâteau », dit Alice
"Nu, já ten koláč sním," řekla Alenka
« et si le gâteau me fait grossir, je peux atteindre la clé »

"a když mě dort zvětší, dosáhnu na klíč"
« et si le gâteau me fait rapetisser, je peux me glisser sous la porte »
"a když mě ten dort zmenší, můžu se vplížit pod dveře"
« Donc, de toute façon, j'irai dans le jardin »
"tak jako tak se dostanu do zahrady"
« Et peu m'importe lequel des deux arrive ! »
"a je mi jedno, co z těch dvou se stane!"
Elle a mangé un peu du gâteau
Snědla kousek koláče
et elle se parla anxieusement à elle-même :
a úzkostlivě pravila sama k sobě:
« Dans quel sens ? Dans quel sens ?
"Kudy? Kudy?"
et elle posa la main sur sa tête
a držela si ruku na hlavě
Elle voulait sentir de quelle façon elle grandissait
Chtěla cítit, jakým směrem roste
Elle fut très surprise de découvrir ce qui s'était passé
byla docela překvapena, když zjistila, co se stalo
Elle était restée de la même taille !
Zůstala stejně velká!
Cette fois, elle redoubla donc d'efforts
A tak tentokrát zdvojnásobila své úsilí
Et bientôt, elle termina tout le gâteau
a brzy celý koláč dojedla

La mare de larmes
Kaluž slz

« Cela devient de plus en plus intéressant ! » s'écria Alice

"To začíná být čím dál zajímavější!" zvolala Alenka

Vous pouvez voir qu'elle était très surprise

Je vidět, že byla velmi překvapená

« Je m'ouvre comme le plus grand télescope qui ait jamais existé ! »

"Otevírám se jako největší dalekohled, jaký kdy existoval!"

« Au revoir, les pieds ! Oh, mes pauvres petits pieds"

"Nashledanou, nohy! Ach, moje ubohé nožky"

« Je me demande qui va vous mettre vos chaussures maintenant, mes chères ? »

"Zajímalo by mě, kdo vám teď obouvá boty, drahoušci?"

et je me demande qui mettra vos bas ?

"a zajímalo by mě, kdo ti oblékne punčochy?"

« Je serai beaucoup trop loin »

"Budu příliš daleko"

« Je ne pourrai plus me soucier de toi »

"Už si s tebou nebudu moci dělat starosti"

Juste à ce moment, sa tête heurta quelque chose

V tu chvíli se její hlava o něco udeřila

Elle avait atteint le toit de la salle

Došla až na střechu sálu

En fait, elle mesurait maintenant plus de deux mètres

Ve skutečnosti byla nyní vysoká více než dva metry

et elle prit aussitôt la petite clef d'or

a hned vzala do ruky zlatý klíček

et elle se précipita vers la porte du jardin

a pospíchala k zahradním dveřím

Pauvre Alice ! Il n'y avait pas grand-chose qu'elle pouvait faire

Ubohá Alenka! Nemohla toho moc dělat

Elle s'allongea sur le côté

lehla si na bok

et elle regarda d'un œil dans le jardin

a jedním okem nahlédla do zahrady

Mais s'en sortir était plus désespéré que jamais
ale dostat se sem bylo beznadějnější než kdy jindy
Elle s'est assise et a recommencé à pleurer
Posadila se a znovu se rozplakala
Elle a continué à verser des litres de larmes
Pokračovala v prolévání galonů slz
Bientôt, il y eut une grande flaque tout autour d'elle
Brzy byla kolem ní velká kaluž
et l'eau atteignait la moitié du couloir
a voda sahala až do poloviny chodby
Au bout d'un moment, elle entendit un petit claquement de pieds
Po chvíli zaslechla lehké cupitání nohou
Elle entendit les pas venir de loin
z dálky slyšela přicházet kroky
et elle s'essuya vivement les yeux pour voir ce qui allait arriver
a rychle si osušila oči, aby viděla, co přijde
C'était le retour du Lapin Blanc
Byl to vracející se Bílý králík
Il était magnifiquement vêtu
Byl nádherně oblečen
Il avait une paire de gants blancs dans une main
V jedné ruce držel pár bílých rukavic
et il avait un grand éventail de plumes dans l'autre main
a v druhé ruce měl velký vějíř z peří
Il arriva en trottinant en toute hâte
Klusal ve velkém spěchu
et il murmura en lui-même : « Oh ! la duchesse, la duchesse !
a zamumlal si pro sebe: "Ach! Vévodkyně, vévodkyně!"
« Ah ! ne serait-elle pas sauvage si je l'ai fait attendre !
"Ach! nebude divoká, když jsem ji nechal čekat!"

Quand le Lapin s'approcha d'elle, Alice prit la parole
Když se k ní Králík přiblížil, Alenka promluvila
Mais elle parlait d'une voix basse et timide
ale mluvila tichým, bázlivým hlasem
« Monsieur, s'il vous plaît, arrêtez ce que vous faites un instant »
"Pane, prosím, přestaňte na okamžik s tím, co děláte"
Le Lapin sursauta violemment
Králík sebou prudce polekal
Il laissa tomber les gants blancs et l'éventail de plumes
Upustil bílé rukavice a vějíř z peří
et il s'enfuit dans les ténèbres aussi vite qu'il le put
a uháněl pryč do tmy, jak nejrychleji dovedl
Alice ramassa l'éventail en plumes et les gants
Alenka sebrala vějíř a rukavice
Et elle n'arrêtait pas de s'éventer tout en parlant
a ona se ovívala, zatímco mluvila
« Cher, cher ! Comme tout est étrange aujourd'hui !
"Drahý, drahý! Jak je to dnes všechno podivné!"
« Hier, les choses se sont passées comme d'habitude »
"Včera to šlo jako obvykle"
« Étais-je le même quand je me suis levé ce matin ? »

"Byl jsem stejný, když jsem dnes ráno vstal?"

« Mais si je ne suis pas le même, il y a une autre question »

"Ale pokud nejsem stejný, je tu jiná otázka"

« Qui suis-je ? »

"Kdo proboha jsem?"

« Ah, c'est le grand casse-tête ! »

"Ach, to je ta velká hádanka!"

En disant cela, elle baissa les yeux sur ses mains

Když to říkala, podívala se dolů na své ruce

Elle portait l'un des petits gants blancs du lapin

Měla na sobě jednu z králíkových malých bílých rukavic

Elle n'avait pas remarqué qu'elle avait mis le gant en parlant

Nevšimla si, že si rukavici nasadila, když mluvila

« Comment ai-je pu faire cela ? » a-t-elle pensé

"Jak jsem to mohla udělat?" pomyslela si

« Je dois redevenir petit »

"Musím být zase malý"

Elle se leva et s'approcha de la table pour mesurer sa taille

Vstala a šla ke stolu, aby si změřila svou výšku

Elle a découvert qu'elle mesurait maintenant environ un demi-mètre

Zjistila, že je nyní asi půl metru vysoká

et elle rétrécissait encore rapidement

a ona se stále rychle zmenšovala

Elle découvrit rapidement quelle était la cause de ce rétrécissement

Brzy zjistila, co je příčinou tohoto zmenšování

L'éventail de plumes la rendait encore plus petite !

Péřový vějíř ji zase zmenšoval!

et elle laissa tomber l'éventail de plumes à la hâte

a spěšně upustila péřový vějíř

Elle laissa tomber l'éventail de plumes juste à temps pour se sauver

Upustila vějíř právě včas, aby se zachránila

Si elle s'était éventée plus longtemps, elle se serait complètement retirée

Kdyby se ještě ovívala, byla by se úplně scvrkla

« C'était une échappatoire de justesse ! » dit Alice
"To byl jen o vlásek únik!" řekla Alenka
et elle fut bien effrayée de ce changement soudain
a ona se té náhlé změny velmi polekala
mais elle était très heureuse de se trouver encore en existence
ale byla velmi ráda, že zjistila, že ještě existuje
« Et maintenant, en route pour le jardin ! »
"A teď do zahrady!"
Et elle courut à toute vitesse vers la petite porte
A běžela vší rychlostí zpátky k malým dveřím
Mais, hélas ! La petite porte fut refermée
ale běda! Malá dvířka byla opět zavřená
et la petite clé d'or était de nouveau posée sur la table de verre
a ten zlatý klíček zase ležel na skleněném stole
« Les choses sont pires que jamais », pensa le pauvre enfant
"Věci jsou horší než kdy jindy," pomyslilo si ubohé dítě
« Je n'ai jamais été aussi petit que ça auparavant, jamais ! »
"Nikdy předtím jsem nebyla tak malá, nikdy!"
En prononçant ces mots, son pied glissa
Při těchto slovech jí uklouzla noha
et un instant plus tard, il y eut une grande éclaboussure !
a v dalším okamžiku se ozvalo velké šplouchnutí!
Elle était dans l'eau salée jusqu'au menton
byla až po bradu ve slané vodě
Sa première idée fut qu'elle était tombée d'une manière ou d'une autre dans la mer
Její první myšlenka byla, že nějak spadla do moře
Cependant, elle s'est vite rendu compte dans quoi elle se trouvait
Brzy si však uvědomila, v čem je
Elle était dans une mare de larmes
byla v kaluži slz
les larmes qu'elle avait versées quand elle avait deux mètres de haut
Slzy, které plakala, když byla dva metry vysoká

Juste à ce moment-là, elle entendit quelque chose
V tu chvíli něco zaslechla
Quelque chose barbotait dans la mare
Něco šplouchalo v bazénu
Les éclaboussures venaient d'un peu de loin
Šplouchání přicházelo z malé dálky
et elle nagea plus près pour voir ce que c'était que les éclaboussures
a plavala blíž, aby se podívala, co je to za šplouchání
Elle vit bientôt que ce n'était qu'une petite souris
brzy poznala, že je to jen malá myška
La petite souris s'était également glissée dans l'eau
Myška také vklouzla do vody
Alice réfléchit à la situation
Alenka se zamyslela nad situací
« Serait-il utile de parler à cette souris ? »
"Mělo by smysl mluvit s tou myší?"
« Tout est tellement à l'envers ici »
"Všechno je tu tak vzhůru nohama"
« Je pense que c'est très probable que cette souris peut

parler »
"Řekl bych, že tahle myš pravděpodobně umí mluvit."
« En tout cas, il n'y a pas de mal à essayer »
"V každém případě není na škodu to zkusit"
Alors elle a commencé à essayer de parler à la souris
Začala se tedy snažit s myší mluvit
« Oh Souris, sais-tu comment sortir de cette mare ? »
"Ach, Myško, znáš cestu ven z téhle tůně?"
« Je suis bien fatigué de nager ici, ô souris ! »
"Už mě nebaví tady plavat, ó Myško!"
La souris la regarda d'un air assez inquisiteur
Myš se na ni podívala dost zvědavě
La souris semblait cligner de l'œil avec l'un de ses petits yeux
Myš jako by mrkala jedním ze svých malých očí
Mais la petite souris ne dit rien
ale myška neříkala nic
« Peut-être la souris ne comprend-elle pas l'anglais », pensa Alice
"Snad myš nerozumí anglicky," pomyslila si Alenka
« J'ose dis-le que c'est une souris française »
"Troufám si říct, že je to francouzská myš"
« peut-être que cette souris est venue avec Guillaume le Conquérant »
"možná tato myš přišla s Vilémem Dobyvatelem"
Alors elle a recommencé, en français
Začala tedy znovu, francouzsky
« Où est mon chat ? » a-t-elle demandé en français
"Kde je moje kočka?" zeptala se francouzsky
c'était la première phrase de son livre de leçons de français
byla to první věta v její učebnici francouzštiny
La souris fit un saut soudain hors de l'eau
Myš náhle vyskočila z vody
et la souris semblait frémir de frayeur
a myš se zdála být celá chvějena strachem
— Oh ! je vous demande pardon ! s'écria vivement Alice
"Ó, prosím za odpuštění!" zvolala Alenka spěšně

Elle craignait d'avoir blessé les sentiments du pauvre animal
bála se, že se dotkla citů ubohého zvířátka
« J'oubliais que tu n'aimais pas les chats »
"Úplně jsem zapomněl, že nemáte rád kočky"
« Je n'aime pas les chats ! » cria la Souris d'une voix aiguë et passionnée
"Nemám ráda kočky!" zvolala Myška pronikavým, vášnivým hlasem
« Voudrais-tu des chats, si tu étais moi ? »
"Chtěl bys na mém místě kočky?"
Alice réconforta la souris d'un ton apaisant
Alenka utěšovala myš konejšivým tónem
« Eh bien, peut-être que je n'aimerais pas non plus les chats si j'étais vous »
"No, na tvém místě bych možná neměl rád kočky."
« S'il vous plaît, ne soyez pas en colère à propos de la mention des chats »
"Prosím, nezlobte se kvůli zmínce o kočkách"
« Et pourtant, j'aimerais pouvoir te montrer notre chat Dinah »
"A přece bych si přála, abych vám mohla ukázat naši kočku Mindu"
« Si vous la rencontriez, je pense que vous prendriez goût aux chats »
"Kdybys ji potkal, myslím, že bys si oblíbil kočky"
« Si seulement vous pouviez la voir »
"Kdybys ji tak mohl vidět"
« Elle est une chose si chère et si calme »
"Je to taková drahá, tichá věc"
La souris tremblait de partout
Myš se třásla po celém těle
Alice était certaine que la souris devait être vraiment offensée
Alenka byla jista, že myš musí být doopravdy uražena
« On ne parlera plus d'elle, si tu préfères ne pas le faire »
"Už o ní nebudeme mluvit, pokud nechceš."
« Nous, en effet ! » s'écria la Souris

"Opravdu!" zvolala Myška
La souris tremblait jusqu'au bout de sa queue
Myš se třásla až po konec ocasu
« Comme si je voulais parler d'un tel sujet ! »
"Jako bych chtěl o něčem takovém mluvit!"
« Notre famille a toujours détesté les chats »
"Naše rodina vždy nenáviděla kočky"
"Les chats ; des choses méchantes, basses, vulgaires !
"kočky; Ošklivé, nízké, vulgární věci!"
« Ne me laissez plus entendre le nom ! »
"Nedovolte, abych znovu slyšel to jméno!"
— Je ne parlerai plus des chats, en effet, dit Alice
"O kočkách se opravdu nechci znovu zmiňovat!" řekla Alenka
Elle était très pressée de changer de sujet
Velmi spěchala, aby změnila téma
"Êtes-vous... Aimez-vous les chiens ?
"Jste... Máte rád psy?"
« Il y a un petit chien si gentil près de notre maison, »
"Nedaleko našeho domu je takový pěkný pejsek,"
« Je voudrais te montrer le petit chien ! »
"Ráda bych vám ukázala toho psíka!"
"Ce petit chien tue tous les rats et...
"Tento malý pes zabíjí všechny krysy a...
« Oh ! mon Dieu ! » s'écria Alice d'un ton triste
"Ach, bože!" zvolala Alenka smutným tónem
« J'ai peur de t'avoir encore offensé ! »
"Obávám se, že jsem vás zase urazila!"
La souris nageait loin d'elle aussi vite qu'elle le pouvait
Myš od ní plavala pryč, jak nejrychleji to šlo
et la souris fit tout un vacarme dans la mare
a myš způsobila v bazénu docela rozruch
Alors elle appela doucement la souris
A tak tiše zavolala za myší
« Ma chère souris, s'il vous plaît, revenez ! »
"Milá Myško, vrať se, prosím!"
« Et nous ne parlerons pas des chats »
"A nebudeme mluvit o kočkách"

« Et nous n'avons pas non plus besoin de parler des chiens »
"A nemusíme mluvit ani o psech"
Quand la souris entendit cela, elle se retourna
Když to myš uslyšela, otočila se
et la petite souris nagea lentement vers elle
a myška zvolna plavala zpátky k ní
Le visage de la souris était assez pâle
Myší tvář byla docela bledá
et la souris parla d'une voix basse et tremblante
a myš promluvila tichým, chvějícím se hlasem
« Allons à la rive »
"Pojďme na břeh"
« et ensuite je vous raconterai mon histoire »
"a pak vám povím svou historii"
**« et vous comprendrez pourquoi c'est moi qui déteste les
chats et les chiens »**
"a pochopíte, proč nenávidím kočky a psy"
Il était grand temps de partir
Byl nejvyšší čas odejít
parce que la piscine devenait assez bondée
protože bazén začínal být docela přeplněný
D'autres oiseaux et animaux étaient tombés dans la mare
další ptáci a zvířata spadli do tůně
il y avait un Canard et un Dodo
byla tam kachna a blboun největší
et il y avait un oiseau Lory et un aiglon
a byla tam i Lory bird a Eaglet
et il y avait plusieurs autres créatures intéressantes
a bylo tam několik dalších zajímavě vypadajících tvorů
Alice a ouvert la voie à la sortie de la piscine
Alice vedla cestu ven z bazénu
et toute la troupe des animaux nagea jusqu'au rivage
a celá skupina zvířat doplavala ke břehu

Une course de caucus et une longue traîne
Volební závod a dlouhý chvost
C'était en effet une bande d'animaux à l'allure amusante
Byla to opravdu legračně vypadající banda zvířat
et ils se rassemblèrent tous sur le bord de l'eau
a všichni se shromáždili na břehu vody
Les oiseaux avaient tous des plumes débraillées
všichni ptáci měli rozcuchané peří
et les animaux à fourrure étaient trempés
a chlupatá zvířátka byla promočená skrz naskrz
et tous étaient trempés, agacés et mal à l'aise
a všichni byli mokří, otrávení a nepohodlní

Il y avait une question à laquelle il fallait répondre en premier
Nejprve bylo třeba odpovědět na jednu otázku
Quelle est la meilleure façon pour tout le monde de se sécher ?
Jaký je nejlepší způsob, jak se všichni mohou osušit?
Ils ont tenu une consultation à ce sujet

O této záležitosti se poradili
Bientôt, ils furent tous en bons termes
Brzy se všichni dobře znali
C'était comme si elle les avait connus toute sa vie
bylo to, jako by je znala celý život
La souris semblait être une personne d'une certaine autorité
Myš se zdála být osobou s nějakou autoritou
« Asseyez-vous, vous tous, et écoutez-moi !
"Posaďte se všichni a poslouchejte mě!
« Je vais bientôt vous faire sécher à nouveau ! »
"Brzy vás všechny zase usuším!"
Ils s'assirent tous en même temps, dans un grand cercle
Všichni se najednou posadili do velkého kruhu
et la petite souris s'assit au milieu
a myška seděla uprostřed
« Hum ! » dit la souris d'un air important
"Ehm!" řekla myš s důležitým výrazem
« Êtes-vous tous prêts ? »
"Jste všichni připraveni?"
« C'est la chose la plus sèche que je connaisse »
"To je ta nejsušší věc, kterou znám"
« Silence tout autour, s'il vous plaît ! »
"Ticho všude kolem, prosím!"
« Guillaume le Conquérant était favorisé par le pape »
"Vilém Dobyvatel byl papežem oblíbený"
« mais il fut bientôt soumis par les Anglais »
"ale brzy se mu podřídili Angličané"
« Ils voulaient des leaders ces derniers temps »
"V poslední době chtěli lídry"
« et ils avaient été habitués au pouvoir et à la conquête »
"a byli zvyklí na moc a dobývání"
« Edwin et Morcar, les comtes de Mercie et de Northumbrie »
"Edwin a Morcar, hrabata z Mercie a Northumbrie"
« Pouah ! » dit l'oiseau lori, avec un frisson
"Fuj!" řekl pták lori a zachvěl se
« et même Stigand, l'archevêque patriote de Cantorbéry »

"a dokonce i Stigand, vlastenecký arcibiskup z Canterbury"
« Il l'a également trouvé opportun »
"Také to považoval za vhodné"
« Qu'a-t-il trouvé à propos ? » dit le canard
"Co považoval za vhodné?" řekla kachna
— Il l'a trouvé opportun, répondit la souris d'un ton un peu contrarié
"Považoval to za vhodné," odpověděla myš poněkud mrzutě
Mais le canard n'était pas satisfait
ale kachna nebyla spokojena
« Bien sûr, vous savez ce que 'it' signifie »
"Samozřejmě, že víte, co znamená 'to'"
« Je sais ce que c'est quand je trouve quelque chose », dit le canard
"Vím, co to je, když něco najdu," řekla kachna
« C'est généralement une grenouille ou un ver »
"obvykle je to žába nebo červ"
« La question est de savoir ce que l'archevêque a trouvé ?
"Otázkou je, co arcibiskup zjistil?"
La souris n'a pas remarqué cette question
Myš si této otázky nevšimla
Au lieu de cela, la souris continua précipitamment son discours
Místo toho myš spěšně pokračovala v řeči
« il a jugé opportun d'aller avec Edgar Atheling »
"považoval za vhodné jít s Edgarem Athelingem"
« pour rencontrer Guillaume et lui offrir la couronne »
"setkat se s Williamem a nabídnout mu korunu"
la souris continua, se tournant vers Alice pendant qu'elle parlait
pokračovala myš, obracejíc se při těch slovech k Alence
« Comment allez-vous maintenant, ma chère ? »
"Jak se ti daří teď, má drahá?"
– Aussi mouillée que jamais, dit Alice d'un ton mélancolique
"Tak mokrý jako vždycky," řekla Alenka melancholickým tónem

« Cette histoire n'a pas l'air de me tarir du tout »
"Zdá se, že mě tento příběh vůbec nevysušuje"
— Dans ce cas, dit solennellement le dodo en se levant
"V tom případě," řekl Blboun slavnostně a vstal
« Je vote pour l'ajournement de la séance »
"Hlasuji pro odročení schůze"
« et je propose l'adoption immédiate de remèdes plus
énergiques »
"a navrhuji okamžité přijetí energičtějších prostředků"
« Dis des paroles vraies ! » dit l'aiglon
"Mluv opravdová slova!" řekl orel
« Je ne connais pas le sens de la moitié de ces longs mots »
"Neznám význam poloviny těch dlouhých slov"
et, qui plus est, je ne crois pas que vous le sachiez non plus !
"a co víc, nevěřím, že to víš ani ty!"
— Ce que j'allais dire, dit le dodo d'un ton offensé
"Co jsem chtěl říct," řekl Blboun uraženým tónem
« La meilleure chose à faire pour nous sécher serait une
course au caucus »
"Nejlepší věc, která by nás osušila, by byl volební klání"
« Qu'est-ce qu'une course de caucus ? » demanda Alice
"Co je to volební klání?" zeptala se Alenka

« Eh bien, » dit le dodo, « la meilleure façon de l'expliquer, c'est de le faire »

"Nu," řekl Blboun nejkrásnější, "nejlepší způsob, jak to vysvětlit, je udělat to."

« D'abord, le dodo a tracé un parcours »

"Blboun první vyznačil dráhu závodu"

« La piste était dans une sorte de cercle »

"Skladba se točila v jakémsi kruhu"

« Et puis tout le groupe a été placé le long du parcours »

"a pak se celá skupina rozmístila podél trati"

Il n'y avait pas de « Un, deux, trois et c'est parti ! »

Nebylo tam žádné "Jedna, dvě, tři a pryč!"

Mais ils ont commencé à courir quand ils voulaient

ale začali běhat, když se jim zachtělo

et ils finissaient aussi quand ils le voulaient

a také končili, když se jim zachtělo

Il n'était donc pas facile de savoir quand la course était terminée

Nebylo tedy jednoduché poznat, kdy je po závodě

Après environ une demi-heure de course, ils étaient tous assez secs

asi po půl hodině běhu byli všichni docela suchí

le dodo s'écria soudain : « La course est finie ! »

Blboun náhle zvolal: "Závody jsou u konce!"

Et ils se pressèrent tous autour du Dodo

a všichni se shlukli kolem Blbouna nejapného

Tous les animaux haletaient et soufflaient

Všechna zvířata lapala po dechu a funěla

et tous voulaient savoir : « Mais qui a gagné ? »

a všichni chtěli vědět: "Ale kdo vyhrál?"

Le dodo ne pouvait pas répondre immédiatement à cette question

Na tuto otázku nemohl blboun okamžitě odpovědět

D'abord, il a dû beaucoup réfléchir

Nejprve musel hodně přemýšlet

Après mûre réflexion, le dodo finit par parler

Po dlouhém přemýšlení Blboun konečně promluvil

« Tout le monde a gagné, et tous doivent avoir des prix »
"Každý vyhrál a všichni musí mít ceny"
« Mais qui doit donner les prix ? » demanda un chœur de voix
"Ale kdo má ty ceny předat?" zeptal se sbor hlasů
— Eh bien, elle, bien sûr, dit le dodo
"No, ona, ovšem," řekl Blboun
et le dodo pointa d'un doigt vers Alice
a Blboun ukázal prstem na Alenku
et toute la troupe des animaux se pressait autour d'elle
a celá skupina zvířat se kolem ní shlukla
ils ont crié, d'une manière confuse : « Des prix ! Des prix !
zmateně volali: "Ceny! Ceny!"
Alice n'avait aucune idée de ce qu'elle devait faire
Alenka neměla zdání, co si počít
Désespérée, elle mit la main dans sa poche
V zoufalství strčila ruku do kapsy
Et elle en sortit une boîte de bonbons
a vytáhla krabici sladkostí
Heureusement, l'eau salée n'était pas entrée dans la boîte
Slaná voda se naštěstí do bedny nedostala
et elle a distribué les bonbons comme prix
a sladkosti rozdávala jako ceny
Il y avait exactement une pièce pour tout le monde
Pro každého se našel přesně jeden kus
La prochaine chose qu'ils devaient faire était de manger les bonbons
Další věc, kterou museli udělat, bylo sníst sladkosti
Cela a causé du bruit et de la confusion
To způsobilo určitý hluk a zmatek
Les grands oiseaux se plaignaient de ne pas pouvoir goûter leurs bonbons
velcí ptáci si stěžovali, že nemohou ochutnat jejich sladkosti
Les petits s'étouffaient et devaient être tapotés dans le dos
Ti malí se dusili a museli je poplácávat po zádech
Cependant, c'était enfin fini
Konečně však bylo po všem

Et ils se rassirent en cercle

a opět se posadili do kruhu

et ils supplièrent la souris de leur dire quelque chose de plus

a prosili myšku, aby jim ještě něco řekla

— Vous m'avez promis de me raconter votre histoire, vous savez, dit Alice

"Slíbila jste mi, že mi povíte příběh svého života, nezapomněla jste," řekla Alenka

et elle fit une autre petite remarque sur les chats à voix basse

a šeptem pronesla ještě jednu drobnou poznámku o kočkách

Elle ne voulait pas offenser à nouveau la souris

Nechtěla znovu urazit myš

la petite souris se tourna vers Alice et soupira

myška se obrátila k Alence a vzdychla

« Ma conte est long et triste ! »

"Můj příběh je dlouhý a smutný!"

— C'est une longue queue, certainement, dit Alice

"Je to zajisté dlouhý ocas," řekla Alenka

et elle baissa les yeux avec étonnement sur la queue de la souris

a s údivem pohlédla dolů na myší ocásek

« Mais pourquoi appelez-vous cela une queue triste ? »

"Ale proč tomu říkáte smutný ocas?"

Et elle n'arrêtait pas de s'interroger à ce sujet pendant que la souris parlait

A lámala si nad tím hlavu při řeči myši

de sorte que son idée de l'histoire était quelque chose comme ceci

takže její představa příběhu byla asi taková,

"Fury said to
a mouse, That
he met in the
house, 'Let
us both go
to law: *I*
will prosecute
you.—
Come, I'll
take no denial:
We must have
the trial;
For really
this morning
I've
nothing
to do.'
Said the
mouse to
the cur,
'Such a
trial, dear
sir, With
no jury
or judge,
would
be wasting
our
breath.'
'I'll be
judge,
I'll be
jury,'
said
cunning
old
Fury;
'I'll
try
the
whole
cause,
and
condemn
you to
death.'"

Fury dit à une souris : Qu'il s'est rencontré dans la maison.
Fury řekl myši, že se setkal v domě."
Allons tous les deux en justice, je vous poursuivrai
Pojďme se oba soudit: budu vás stíhat
**Allons, je n'accepterai aucun démenti : il faut que nous
fassions l'épreuve**
Pojďte, nebudu popírat: musíme mít soud
Car vraiment ce matin je n'ai rien à faire
Protože dnes ráno opravdu nemám co dělat
Dit la souris au maudit ;
Řekla myš kletbě;
Un tel procès, cher monsieur, sans jury ni juge, nous ferait

perdre notre souffle
Takový proces, drahý pane, bez poroty nebo soudce, by byl
ztrátou dechu
« Je serai juge, je serai jury », dit le vieux rusé Fury
"Já budu soudce, budu porotce," řekl mazaný starý Fury
Je vais juger toute la cause, et je vous condamnerai à mort
Vyzkouším celou věc a odsoudím vás k smrti
la souris parla sévèrement à Alice
myš mluvila k Alence přísně
« Tu ne fais pas attention ! »
"Nedáváte pozor!"
« À quoi pensez-vous ? »
"Na co myslíš?"
— Je vous demande pardon, dit Alice très humblement
"Promiňte," řekla Alenka pokorně
« Tu étais arrivé au cinquième virage, je crois ? »
"Myslím, že jste se dostal do páté zatáčky?"
« Vous m'insultez en disant de telles bêtises ! »
"Urážíte mě takovými nesmysly!"
Et la souris se leva et s'éloigna
a myš vstala a odešla
Alice appela la petite souris
Alice zavolala za malou myškou
« S'il vous plaît, revenez et terminez votre histoire ! »
"Prosím, vraťte se a dokončete svůj příběh!"
Et les autres se joignirent tous en chœur
A všichni ostatní se sborově připojili
« Oui, s'il vous plaît, terminez votre histoire ! »
"Ano, prosím, dokonči svůj příběh!"
Mais la souris se contenta de secouer la tête avec impatience
Myš však jen netrpělivě zavrtěla hlavou
et la petite souris marchait un peu plus vite
a myška šla o něco rychleji
« Je voudrais bien avoir Dinah, notre chat, ici ! » dit Alice
"Kéž bych tu měla Mindu, naši kočku!" řekla Alenka
Cela provoqua une sensation remarquable parmi le parti
To vyvolalo ve společnosti pozoruhodný rozruch

Quelques-uns des oiseaux se hâtèrent de s'éloigner
Někteří ptáci okamžitě odspěchali
et un canari appela d'une voix tremblante ses enfants ;
a Kanárek volal chvějícím se hlasem na své děti;
« Allez-vous-en, mes chères ! »
"Pojďte pryč, miláčku!"
« Il est grand temps que vous soyez tous au lit ! »
"Je nejvyšší čas, abyste byli všichni v posteli!"
Avec diverses excuses, ils sont tous partis
S různými výmluvami všichni odešli
et Alice se retrouva bientôt seule
a Alenka brzy zůstala sama
« J'aurais aimé ne pas avoir mentionné Dinah ! »
"Škoda, že jsem se nezmínila o Mindě!"
« Personne n'a l'air de l'aimer ici »
"Zdá se, že ji tady dole nikdo nemá rád"
« Mais je suis sûr que c'est la meilleure chatte du monde ! »
"ale jsem si jistá, že je to ta nejlepší kočka na světě!"
La pauvre Alice se remit à pleurer
Ubohá Alenka se opět dala do pláče
parce qu'elle se sentait très seule et déprimée
protože se cítila velmi osamělá a skleslá
Au bout de peu de temps, cependant, elle entendit de nouveau quelque chose
Za malou chvíli však opět něco zaslechla
un petit bruit de pas au loin
Malé cupitání kroků v dálce
et elle leva les yeux avec impatience
a dychtivě vzhlédla

C'était le lapin blanc, qui revenait lentement au trot
Byl to bílý králík, který zase pomalu klusal zpátky
Il regardait anxieusement autour de lui en chemin
Cestou se úzkostlivě rozhlížel
Il avait l'air d'avoir perdu quelque chose
Vypadal, jako by něco ztratil
Alice l'entendit marmonner pour lui-même
Alenka ho slyšela, jak si pro sebe něco mumlá
— La duchesse ! La Duchesse ! Oh, mes chères pattes !
"Vévodkyně! Vévodkyně! Ach, mé drahé tlapky!"
« Oh, ma fourrure et mes moustaches ! »
"Ach, moje srst a vousy!"
« Elle va me faire exécuter, j'en suis sûr »
"Ona mě nechá popravit, tím jsem si jistý"
« Aussi sûr que les furets sont des furets ! »
"Stejně tak jistě, jako jsou fretky fretky!"
« Où ai-je pu laisser tomber mes affaires, je me demande ? »

"Zajímalo by mě, kam jsem mohl upustit své věci?"
Alice devina en un instant ce qu'il cherchait
Alenka ihned uhodla, co hledá
Il cherchait l'éventail de plumes
Hledal vějíř peří
et il cherchait la paire de gants blancs
a hledal pár bílých rukavic
Elle se mit donc très gentiment à chercher les gants
A tak se velmi dobromyslně začala po rukavicích poohlížet
Et elle chercha aussi l'éventail de plumes
a také se podívala po vějíři z peří
Mais les gants et l'éventail de plumes étaient introuvables
ale rukavice a vějíř z peří nebyly nikde vidět
Tout semblait avoir changé depuis sa baignade dans la piscine
Zdálo se, že se všechno změnilo od té doby, co plavala v bazénu
Rien n'était pareil depuis qu'elle était dans la grande salle
Nic nebylo jako dřív od té doby, co byla ve Velké síni
et la table de verre avait disparu
a skleněný stůl zmizel
Et la petite porte n'était pas là non plus
a malá dvířka tam také nebyla
Très vite, le lapin remarqua Alice
Brzy si králík všiml Alenky
Il l'appela d'un ton furieux
Zavolal na ni rozzlobeným tónem
« Mary Ann, que fais-tu ici ? »
"Mary Ann, co tady děláš?"
« Rentre chez toi à l'instant même »
"Utíkej teď domů"
« Et apporte-moi une paire de gants et un éventail de plumes ! »
"A přineste mi pár rukavic a vějíř z peří!"
« Et faites vite ! »
"A pospěšte si!"
Alice se parlait à elle-même en s'enfuyant

Alenka mluvila sama k sobě, když odběhla
— Il a dû me prendre pour sa femme de chambre !
"Asi si mě spletl se svou služkou!"
« Comme il sera surpris quand il découvrira qui je suis ! »
"Jak bude překvapený, až zjistí, kdo jsem!"
En disant cela, elle tomba sur une petite maison soignée
Když to dořekla, narazila na úhledný domek
Sur la porte de la maison se trouvait une plaque de laiton brillant
Na dveřích domu byla zářivá mosazná deska
« W. LAPIN »
"W. KRÁLÍK"
Elle entra sans frapper à la porte
Vešla dovnitř, aniž by zaklepala na dveře
et elle se hâta de monter l'escalier
a spěchala rovnou nahoru
elle craignait de rencontrer la vraie Mary Ann
bála se, že by mohla potkat skutečnou Mary Ann
parce qu'alors elle serait chassée de la maison
protože pak by byla vyhozena z domu
et elle ne pourrait pas trouver l'éventail de plumes et les gants
a nemohla by najít vějíř z peří a rukavice
Alice s'était frayé un chemin dans une petite pièce bien rangée
Alenka našla cestu do úhledného pokojíku
Dans la pièce, il y avait une table près de la fenêtre
V místnosti byl stůl u okna
et sur la table, il y avait un éventail de plumes
a na stole byl péřový vějíř
et il y avait deux ou trois paires de petits gants blancs
a byly tam dva nebo tři páry malých bílých rukavic
Elle ramassa l'éventail en plumes et une paire de gants
Sebrala vějíř z peří a pár rukavic
et elle allait quitter la pièce
a ona se právě chystala odejít z pokoje
mais alors ses yeux tombèrent sur une petite bouteille

ale pak její oči padly na malou lahvičku

Elle déboucha la bouteille et la porta à ses lèvres

Odzátkovala láhev a přiložila si ji ke rtům

« J'espère que cela me fera redevenir grand »

"Doufám, že díky tomu zase vyrostu"

« J'en ai marre d'être une toute petite chose ! »

"Už mě nebaví být tak maličkou věcíčkou!"

Alice avait à peine bu la moitié de la bouteille

Alenka vypila sotva polovinu láhve

Sa tête était déjà appuyée contre le plafond

její hlava už se tiskla ke stropu

et elle dut se baisser

a musela se sehnout

pour sauver son cou d'être brisé

aby zachránila svůj vaz před zlomením

Elle posa précipitamment la bouteille

Spěšně láhev odložila

« C'est bien assez »

"To je úplně dost"

« J'espère que je ne grandirai plus »

"Doufám, že už nerostu"

Hélas! Il était trop tard pour souhaiter cela !

Běda! Bylo příliš pozdě na to, abychom si to přáli!

Elle n'a cessé de grandir

Rostla a rostla

et très vite elle dut s'agenouiller sur le sol

a velmi brzy musela pokleknout na podlahu

Et même alors, elle a continué à grandir

a i tak rostla

Comme dernière ressource, elle passa un bras par la fenêtre

Jako poslední útočiště vystrčila jednu ruku z okna

et elle mit un pied dans la cheminée

a vystrčila jednu nohu do komína

« Maintenant, je ne peux plus faire, quoi qu'il arrive »

"Teď už nemohu dělat víc, ať se děje cokoli"

« Que vais-je devenir ? »

"Co se mnou bude?"

Alice a eu un peu de chance
Alenka měla trochu štěstí
La petite bouteille magique avait fait son plein effet
Malá kouzelná lahvička měla svůj plný účinek
et Alice ne grandit pas plus qu'elle n'était
a Alenka již nevyrostla do větší velikosti, než byla
Au bout de quelques minutes, elle entendit une voix à l'extérieur
Po několika minutách uslyšela venku hlas
et elle s'arrêta pour écouter la voix
a zastavila se, aby naslouchala hlasu
« Mary Ann ! Mary Ann ! dit la voix
"Mary Ann! Mary Ann!" řekl hlas
« Apporte-moi mes gants tout de suite ! »
"Přineste mi hned moje rukavice!"
Puis vint un petit claquement de pieds dans l'escalier
Pak se ozvalo malé cupitání po schodech
Alice savait que c'était le lapin qui venait la chercher
Alenka věděla, že to králík přichází ji hledat

et elle trembla jusqu'à faire trembler la maison
a třásla se, až se dům třásl
elle oublia tout à fait quelles étaient ses proportions
úplně zapomněla, jaké jsou její proporce
Elle était mille fois plus grosse que le lapin
byla tisíckrát větší než králík
et elle n'avait aucune raison d'avoir peur d'un lapin
a neměla důvod bát se králíka
Bientôt le lapin s'approcha de la porte
Zanedlouho králík přišel ke dveřím
et le petit lapin essaya d'ouvrir la porte
a králíček se pokusil otevříti dveře
La porte a commencé à s'ouvrir vers l'intérieur
dveře se začaly otevírat dovnitř
mais le coude d'Alice était fortement appuyé contre la porte
Alenka však měla loket pevně přitisknutý ke dveřím
Cette tentative s'est avérée un échec
Tento pokus se ukázal jako neúspěšný
Alice entendit le lapin se parler à lui-même
Alenka slyšela králíka mluvit sám k sobě
« Ensuite, je vais faire le tour et entrer par la fenêtre »
"Tak to obejdu a dostanu se dovnitř oknem"
« Que tu ne le feras pas ! » pensa Alice
"To nebudete!" pomyslila si Alenka
Et elle attendit encore un peu
a opět chvíli počkala
Bientôt, elle entendit le lapin juste sous la fenêtre
Brzy uslyšela králíka přímo pod oknem
Elle étendit soudain la main
Náhle roztáhla ruku
et elle fit une prise en l'air
a chňapla po vzduchu
Elle n'a rien attrapé
Nic se jí nepodařilo sehnat
mais elle entendit un petit cri et une chute
ale zaslechla slabý výkřik a pád
et elle entendit un fracas de verre brisé

a uslyšela řinčení rozbitého skla
Peut-être le lapin était-il tombé
možná králík spadl
Peut-être était-il dans une serre
Možná byl ve skleníku
Puis vint une voix en colère ; La voix du lapin
Pak se ozval rozzlobený hlas; Králičí hlas
« Pat, où es-tu ? »
"Pate, kde jsi?"
**Et puis vint une voix qu'elle n'avait jamais entendue
auparavant**
A pak se ozval hlas, který nikdy předtím neslyšela
« Votre honneur, je suis là ! »
"Vaše ctihodnosti, jsem tady!"
« Je creuse pour trouver des pommes »
"Kopu jablka"
« Ici ! Venez m'aider à m'en sortir !
"Tady! Pojďte a pomozte mi z toho!"
**« Maintenant, dis-moi, Pat, qu'est-ce qu'il y a dans la fenêtre
? »**
"A teď mi pověz, Pat, co je to v tom okně?"
« Bien sûr, Votre Honneur, je vais vous le dire »
"Jistě, vaše ctihodnosti, povím vám to"
« C'est un bras qui est dans la fenêtre ! »
"To je ruka, co je v okně!"
« Eh bien, un bras n'a rien à faire là-bas »
"No, ruka tam nemá co dělat"
« Va et enlève le bras ! »
"Jdi a vezmi tu paži pryč!"
Il y eut un long silence après cela
Poté nastalo dlouhé ticho
**et Alice n'entendait que des chuchotements de temps en
temps**
a Alenka slyšela jen tu a tam šeptání
et enfin elle étendit de nouveau la main
a nakonec znovu roztáhla ruku
et elle fit une autre arrachée dans les airs

a udělala další chňapnutí do vzduchu
Cette fois, il y eut deux petits cris
Tentokrát se ozvaly dva malé výkřiky
et il y avait d'autres bruits de verre brisé
a ozvaly se další zvuky rozbitého skla
« Je me demande ce qu'ils vont faire ensuite ! » pensa Alice
"To jsem zvědavá, co udělají příště!" pomyslila si Alenka
« J'aimerais qu'ils me tirent par la fenêtre »
"Přál bych si, aby mě vytáhli z okna"
Elle attendit un certain temps
Nějakou dobu čekala
Mais pendant un moment, elle n'entendit plus rien
ale nějakou dobu už nic neslyšela
Enfin, il y eut un grondement de petites roues
Konečně se ozvalo dunění malých koleček
et il y eut le son d'un bon nombre de voix
a ozvalo se mnoho hlasů
Toutes les voix parlaient ensemble
Všechny hlasy mluvily spolu
Elle pouvait distinguer certaines des paroles
Dokázala rozeznat některá slova
« Où est l'autre échelle ? »
"Kde je ten druhý žebřík?"
« Bill a l'autre échelle »
"Bill má ten druhý žebřík"
« Bill, viens ici ! »
"Bille, pojď sem!"
« Le toit va-t-il supporter le fardeau ? »
"Unese střecha tu zátěž?"
« Qui veut descendre par la cheminée ? »
"Kdo chce jít komínem?"
— Non, je ne le ferai pas ! Vous le faites !
"Ne, nebudu! Ty to dokážeš!"
« Tiens, Bill ! »
"Tady, Bille!"
« Le maître dit qu'il faut descendre par la cheminée ! »
"Mistr říká, že musíš jít dolů komínem!"

Alice descendit son pied aussi loin qu'elle le put dans la cheminée
Alenka stáhla nohu komínem tak daleko, jak jen mohla
Et puis elle attendit de voir ce qui allait arriver
a pak čekala, co přijde
Elle entendit un petit animal gratter et se débattre
Slyšela, jak se malé zvíře škrábe a škrábe
Le petit animal doit être dans la cheminée
To zvířátko musí být v komíně
Puis elle donna un coup de pied sec
Pak prudce kopla
et elle attendit de voir ce qui allait se passer ensuite
a čekala, co se bude dít dál
Elle entendit un chœur général de voix
Slyšela všeobecný chór hlasů
« Voilà Bill ! » dirent-ils tous
"Támhle jde Vaněk!" řekli všichni
Puis elle entendit la voix du lapin seule
Pak uslyšela jen zajícův hlas
« Toi par la haie, attrape-le ! »
"Vy u plotu, chyťte ho!"
Il y eut un autre moment de silence
Nastala další chvíle ticha
Et puis il y eut une autre confusion de voix
a pak nastal další zmatek hlasů
« Lève la tête, Brandy »
"Zvedni mu hlavu, Brandy"
« Attention à ne pas l'étouffer »
"Dávej pozor, abys ho neudusil"
« Qu'est-ce qui t'est arrivé ? »
"Co se s tebou stalo?"
Enfin, une petite voix faible et grinçante est apparue
Nakonec se ozval slabý, skřípavý hlásek
« Eh bien, je n'en sais presque pas plus »
"No, já už skoro nic nevím."
« merci à tous, je vais mieux maintenant »
"děkuji vám všem, už je mi lépe"

« il y a une chose dont je peux me souvenir »
"je jedna věc, kterou si pamatuji"
« Quelque chose vient à moi comme un train dans un tunnel »
"Něco na mě přijde jako vlak v tunelu"
« Et je vole comme une fusée ! »
"a já letím vzhůru jako nebeská raketa!"
Il y eut une minute ou deux de silence
Následovala minuta nebo dvě ticha
puis ils ont recommencé à se déplacer
a pak se zase dali do pohybu
et Alice entendit de nouveau le Lapin parler
a Alenka slyšela opět Králíka mluvit
« Une brouette fera l'affaire, pour commencer »
"Pro začátek bude stačit plný vozík"
« Une brouette pleine de quoi ? » pensa Alice
"Plnou mohylu čeho?" pomyslila si Alenka
Mais elle ne fut pas tenue en suspens longtemps
Nebyla však dlouho udržována v napětí
Une pluie de petits cailloux est passée par la fenêtre
oknem pronikla sprška malých oblázků
et quelques petits cailloux l'ont frappée au visage
a několik malých oblázků ji udeřilo do tváře
Alice fut surprise par les petits cailloux
Alenka byla překvapena malými oblázky
Tous les petits cailloux se transformaient en gâteaux
Všechny ty malé oblázky se měnily v koláče
et une idée lumineuse lui vint à l'esprit
a v hlavě se jí zrodil skvělý nápad
« Je devrais manger un de ces gâteaux »
"Měl bych sníst jeden z těchto koláčů"
« Le gâteau ne manquera pas de faire changer ma taille »
"dort určitě udělá nějakou změnu v mé velikosti"
Alors elle a avalé l'un des gâteaux
A tak jeden z koláčů spolkla
et elle fut ravie de constater qu'elle commençait à rétrécir
a byla potěšena, když zjistila, že se začíná zmenšovat

Bientôt, elle fut assez petite pour franchir la porte
brzy byla dost malá, aby prošla dveřmi
Elle s'est enfuie de la maison
Vyběhla z domu
Une foule de petits animaux et d'oiseaux attendaient dehors
Venku čekal dav malých zvířat a ptáků
**tous les petits oiseaux et les petits animaux se précipitèrent
sur Alice**
všichni ptáčci a zvířátka se na Alenku vrhli
Mais elle s'enfuit aussi vite qu'elle le put
ale utíkala, jak nejrychleji mohla,
et bientôt elle se trouva en sécurité dans un bois épais
a brzy se ocitla v bezpečí v hustém lese
Alice errait dans les bois
Alenka se toulala lesem
Et elle pensa en elle-même :
a pomyslila si:
« Je sais ce que je dois faire en premier »
"Vím, co musím udělat jako první"
« Je dois d'abord grandir à ma bonne taille »
"nejprve musím znovu vyrůst do své správné velikosti"
« et puis je dois trouver mon chemin dans ce joli jardin »
"a pak musím najít cestu do té krásné zahrady"
**« Je suppose que je devrais manger ou boire quelque chose
ou autre »**
"Předpokládám, že bych měl něco sníst nebo vypít"
**« Mais la question est de savoir ce que je dois manger ou
boire ? »**
"Otázkou ale je, co mám jíst a pít?"
Alice regarda tout autour d'elle les fleurs
Alenka se rozhlédla kolem sebe po květinách
et elle regarda à travers les brins d'herbe
a dívala se skrz stébla trávy
mais elle ne voyait rien à manger ni à boire
ale neviděla nic, co by mohla jíst nebo pít
Rien ne semblait être la bonne chose à manger ou à boire
Nic nevypadalo jako správná věc k jídlu nebo pití

Il y avait un gros champignon qui poussait près d'elle
Poblíž ní rostla velká houba
le champignon était à peu près de la même taille qu'Alice
houba byla přibližně stejně vysoká jako Alenka
Elle s'étira sur la pointe des pieds
Protáhla se na špičkách
Et elle jeta un coup d'œil par-dessus le bord du champignon
a vykoukla přes okraj hřibu
**Ses yeux rencontrèrent immédiatement les yeux d'une
grande chenille bleue**
Její oči se okamžitě setkaly s očima velké modré housenky
La chenille était assise sur le sommet du champignon
Housenka seděla na vrcholu houby
et la chenille avait croisé tous ses bras
a housenka mu zkřížila všechny ruce
et il fumait tranquillement un long narguilé
a tiše kouřil dlouhou vodní dýmku
et il ne faisait pas la moindre attention à rien
a ničeho si nevšímal ani v nejmenším
et il n'a certainement pas fait attention à Alice
a rozhodně nevěnoval pozornost Alici

Les conseils d'une chenille
Rada od housenky

Finalement, la chenille a retiré le narguilé de sa bouche
Konečně vyndala housenka dýmku z tlamy
et il s'adressa à Alice d'une voix languissante et endormie
a obrátil se k Alence malátným, ospalým hlasem
« Qui es-tu ? » demanda la chenille
"Kdo jsi?" zeptala se housenka

Alice a répondu, plutôt timidement : « Je sais à peine, monsieur. »
Alenka odpověděla poněkud ostýchavě: "Ani nevím, pane."
« Juste pour le moment, c'est un peu... »
"V tuto chvíli je to všechno trochu..."
« Je sais qui j'étais quand je me suis levé ce matin" »
"Vím, kdo jsem byl, když jsem dnes ráno vstal."
« mais je pense que j'ai dû changer plusieurs fois depuis »
"ale myslím, že jsem se od té doby musel několikrát změnit"
« Qu'est-ce que tu veux dire par là ? » dit la chenille
"Co tím myslíte?" řekla housenka

sévèrement, la chenille lui demanda de s'expliquer
Housenka ji přísně požádala, aby to vysvětlila
— Je ne peux pas m'expliquer, j'en ai peur, monsieur, dit Alice
"Obávám se, že si to nedovedu vysvětlit, pane," řekla Alenka
« parce que je ne suis pas moi-même »
"protože nejsem sama sebou"
« Vous voyez, être de tant de tailles différentes en une journée, c'est très déroutant »
"Víte, mít tolik různých velikostí za den je velmi matoucí"
Elle se redressa et dit très gravement :
Vstala a řekla velmi vážně:
« Je pense que tu devrais me dire qui tu es, en premier »
"Myslím, že bys mi měl nejdřív říct, kdo jsi."
« Pourquoi ? » demanda la chenille
"Proč?" řekla housenka
Alice ne voyait aucune bonne raison
Alenka nemohla vymyslet žádný dobrý důvod
et la chenille semblait être dans un état d'esprit très désagréable
a Housenka se zdála být ve velmi nepříjemném duševním rozpoložení
alors elle s'en retourna
tak se otočila
« Reviens ! » la chenille l'appela
"Vraťte se!" zavolala za ní housenka
« J'ai quelque chose d'important à dire ! »
"Musím ti říct něco důležitého!"
Alice se retourna et revint
Alenka se otočila a opět se vrátila
« Garde ton sang-froid », dit la chenille
"Zachovejte si chladnou hlavu," řekla housenka
— C'est tout ? dit Alice
"To je všechno?" řekla Alenka
Et elle ravala sa colère de son mieux
a spolkla svůj hněv, jak nejlépe dovedla
« Non, » dit la chenille

"Ne," řekla housenka

La chenille déplia ses bras

Housenka rozpřáhla ruce

Et il retira le narguilé de sa bouche

a opět vytáhl dýmku z úst

et il a dit : « Vous pensez donc que vous avez changé, n'est-ce pas ? »

a on řekl: "Takže si myslíte, že jste se změnil, že?"

— J'ai peur, je suis changée, monsieur, dit Alice

"Obávám se, že jsem se změnila, pane," řekla Alenka

« Je ne me souviens plus des choses comme je m'en souvenais »

"Nepamatuji si věci tak, jak jsem si je pamatovala"

« et je ne reste pas plus de dix minutes de la même taille ! »

"a já nezůstávám ve stejné velikosti déle než deset minut!"

« Quelle taille veux-tu faire ? » demanda la chenille

"Jakou velikost chcete mít?" zeptala se housenka

— Oh, ma taille ne me dérange pas particulièrement, répondit vivement Alice

"Ó, mně vůbec nezáleží na tom, jaká jsem velká," odvětila Alenka spěšně

« Je n'aime pas changer de taille si souvent, vous savez »

"Prostě nerada měním velikost tak často, víš"

« J'aimerais être un peu plus grand, monsieur »

"Chtěl bych být trochu větší, pane."

— Si cela ne vous dérange pas, ajouta Alice

"Kdyby vám to nevadilo," dodala Alenka

« Dix centimètres, c'est une taille si misérable »

"Deset centimetrů je tak ubohá výška"

« C'est une très bonne hauteur en effet ! » dit la chenille avec colère

"To je opravdu velmi dobrá výška!" řekla housenka hněvivě

et il se redressa tout en parlant

a vzpřímil se, když mluvil

Il mesurait exactement dix centimètres de haut

Byl vysoký přesně deset centimetrů

Au bout d'une minute ou deux, la chenille s'est détachée du

champignon
Za minutu nebo dvě housenka slezla z houby
et il s'enfonça en rampant dans l'herbe
a odplazil se do trávy
En s'éloignant, il fit quelques petites remarques
Když odcházel, pronesl několik drobných poznámek
« Un côté vous fera grandir »
"Díky jedné straně vyrostete"
« Et l'autre côté te fera rapetisser »
"a druhá strana tě zkrátí"
« Un côté de quoi ? » pensa Alice en elle-même
"Z jedné strany čeho?" pomyslila si Alenka pro sebe
« L'autre côté de quoi ? »
"Na druhé straně čeho?"
« Le côté du champignon », dit la chenille
"Ta strana hřibu," řekla Housenka
C'était comme si elle avait posé sa question à haute voix
Bylo to, jako by svou otázku položila nahlas
et un instant plus tard, il fut hors de vue
a v dalším okamžiku zmizel z dohledu
Alice resta pensivement à regarder le champignon
Alenka zůstala zamyšleněhle na houbu
Elle essayait de distinguer quels étaient les deux côtés du champignon
Snažila se rozeznat, které jsou ty dvě strany houby
Enfin, elle étendit ses bras autour du champignon
Konečně vztáhla ruce kolem houby
Et elle cassa un peu les bords
a ulomila trochu hran
« Et maintenant, de quel côté est-ce ? » se dit-elle
"A teď, která strana je která?" řekla si pro sebe
et elle grignota un peu du mors de la main droite
a ona si ukousla trochu z kousku pravé ruky
L'instant d'après, elle sentit un violent coup sous son menton
V příštím okamžiku ucítila prudký úder pod bradou
Son menton avait heurté son pied !

Její brada se dotkla nohy!
Elle fut bien effrayée par ce changement très soudain
Byla velmi vyděšena tou náhlou změnou
Elle rétrécissait très rapidement
velmi rychle se zmenšovala
Alors elle a rapidement mangé un peu de l'autre morceau de champignon
Tak rychle snědla trochu té další houby
Son menton était très serré contre son pied
Bradu měla přitisknutou velmi těsně k noze
Il y avait à peine de la place pour ouvrir la bouche
nebylo tam skoro dost místa, aby otevřela ústa
mais elle parvint enfin à ouvrir la bouche
Konečně se jí však podařilo otevřít ústa
et elle avala un morceau du mors de la main gauche
a spolkla sousto levého kousku
« Ma tête a enfin été libérée ! » dit Alice
"Konečně mám volnou hlavu!" řekla Alenka
Elle baissa les yeux sur elle-même
Podívala se na sebe
mais tout ce qu'elle pouvait voir, c'était une immense longueur de cou
ale viděla jen nesmírně dlouhý krk
Son cou semblait se dresser comme une tige
její krk jako by se zvedal jako stéblo
et elle baissa les yeux sur une mer de feuilles vertes
a dívala se dolů na moře zeleného listí
« Où sont passées mes épaules ? »
"Kam se poděla moje ramena?"
« Et oh, mes pauvres mains, comment se fait-il que je ne puisse pas vous voir ? »
"A ach, moje ubohé ruce, jak to, že vás nevidím?"
Mais son cou avait un avantage
Ale její krk měl jednu výhodu
Elle pouvait bouger la tête dans n'importe quelle direction
Mohla pohybovat hlavou libovolným směrem
En fait, elle était comme un serpent

Ve skutečnosti byla jako had
Elle zigzague gracieusement, la tête baissée
Ladně sklopila hlavu dolů
et elle remua la tête à travers les arbres
a pohybovala hlavou mezi stromy
Mais elle entendit alors un sifflement aigu
ale pak uslyšela ostré zasyčení
Et elle tira rapidement la tête en arrière
a rychle zaklonila hlavu
Un gros pigeon lui avait volé au visage
Velký holub jí vletěl do obličeje
et le pigeon était violemment avec ses ailes
a holub prudce zasahoval křídly

« Serpent ! » cria le pigeon
"Hade!" vykřikl holub
« Je ne suis pas un serpent ! » dit Alice avec indignation
"Já nejsem had!" řekla Alenka rozhořčeně
« Laisse-moi tranquille ! »

"Nech mě na pokoji!"

« J'ai essayé les racines des arbres »

"Vyzkoušel jsem kořeny stromů"

— Et j'ai essayé des haies, continua le pigeon

"A zkoušel jsem křoviny," pokračoval holub

« Mais ces serpents ! Il n'y a pas moyen de leur plaire !

"Ale ti hadi! Nelze je potěšit!"

Alice était de plus en plus perplexe

Alenka byla stále více a více zmatena

« Comme si ce n'était pas assez compliqué de faire éclore les œufs », a déclaré le pigeon

"Jako by to nestačilo s líhnutím vajec," řekl holub

« Nuit et jour, je dois aussi faire attention aux serpents ! »

"ve dne v noci musím dávat pozor i na hady!"

« Je venais de trouver l'arbre le plus haut de la forêt »

"Právě jsem našel nejvyšší strom v lese"

« Je serais sûrement libre des serpents ici ? »

"Určitě bych tu byl bez hadů?"

« Et un serpent sort du ciel ! »

"A z nebe vychází had!"

« Mais je ne suis pas un serpent, je vous le dis ! » dit Alice

"Ale já nejsem had, to vám říkám!" řekla Alenka

"Je suis un... Je suis un... Je suis une petite fille, ajouta-t-elle d'un air un peu dubitatif

"Jsem... Jsem... Jsem malá holka," dodala trochu pochybovačně

Après tout, elle avait traversé beaucoup de changements

Koneckonců prošla mnoha změnami

« Tu cherches des œufs », dit le pigeon

"Hledáte vejce," řekl holub

« Je le sais pertinemment »

"Vím to jako fakt"

« Et qu'importe que vous soyez une petite fille ou un serpent ? »

"A co záleží na tom, jestli jsi holčička nebo had?"

— Cela m'importe beaucoup, dit Alice à la hâte

"Na tom mi velmi záleží," řekla Alenka spěšně

« mais je ne cherche pas d'œufs, en l'occurrence »

"ale já nehledám vajíčka, jak se to stává"
« et je ne voudrais pas de tes œufs de toute façon »
"a stejně bych nechtěl vaše vajíčka"
« Je n'aime pas mes œufs crus »
"Nemám rád svá vejce syrová"
« Eh bien, allez-vous-en ! » dit le pigeon d'un ton boudeur
"Tak tedy jděte!" řekl holub mrzutým hlasem
et le pigeon se posa de nouveau dans son nid
a holub se opět usadil ve svém hnízdě
Alice s'accroupit parmi les arbres du mieux qu'elle put
Alenka se shýbala mezi stromy, jak nejlépe dovedla
Son cou ne cessait de s'emmêler parmi les branches
krk se jí stále zaplétal do větví
De temps en temps, elle devait s'arrêter et se tordre le cou
Tu a tam se musela zastavit a rozmotat si krk
Au bout d'un moment, elle se souvint du champignon
Po chvíli si na houbu vzpomněla
Elle tenait toujours les morceaux de champignon dans ses mains
Stále držela v rukou kousky houby
et elle se mit à l'œuvre avec beaucoup de soin
a pustila se do práce velmi pečlivě
D'abord, elle a grignoté un morceau
Nejprve uždibovala jeden kus
puis elle grignota l'autre morceau
a pak se zakousla do druhého kousku
Parfois, elle grandissait
někdy vyrostla
et parfois elle devenait plus petite
a někdy se zkracovala
Mais finalement, elle a atteint sa taille habituelle
Nakonec však dosáhla své obvyklé výšky
Elle n'avait pas été de sa taille depuis un certain temps
už nějakou dobu nebyla sama sobě vysoká
Tout m'a semblé étrange pendant un moment
Takže všechno mi na chvíli připadalo divné
« La prochaine chose à faire est d'entrer dans ce beau

jardin »
"Další věc, kterou musíte udělat, je dostat se do té krásné
zahrady"
« Comment cela se fera-t-il, je me demande ? »
"Zajímalo by mě, jak se to má udělat?"
En disant cela, elle tomba sur un endroit ouvert
Jak to dořekla, došla na volné prostranství
Il y avait une petite maison, un peu plus haute qu'un mètre
Byl tam malý domek, o něco vyšší než metr
« Je me demande qui habite cette petite maison »
"Zajímalo by mě, kdo žije v tomto malém domku"
**« Je ne peux certainement pas y aller aussi grand que je le
suis »**
"Určitě nemůžu jít do toho tak velká, jak jsem"
« Je les effrayerais terriblement ! »
"Strašně bych je vyděsil!"
alors elle grignota à nouveau le petit champignon
Tak si tu houbičku znovu ukousla
et bientôt elle s'abaissa de trente centimètres
a brzy se srazila o třicet centimetrů

Un cochon et du poivre

Prase a trochu pepře

Pendant une minute ou deux, elle resta à regarder la maison

Minutu nebo dvě stála a dívala se na dům

Soudain, un valet de pied sortit en courant des bois

Náhle vyběhl z lesa lokaj

Il portait un uniforme de livrée spécial

Měl na sobě speciální livrejovou uniformu

à en juger par son seul visage, elle l'aurait traité de poisson

soudě jen podle jeho tváře, byla by ho nazvala rybou

et il frappa bruyamment à la porte avec ses jointures

a hlasitě zaklepal klouby prstů na dveře

La porte fut ouverte par un autre valet de pied

Dveře otevřel další lokaj

Ce valet de pied portait également une livrée spéciale

I tento lokaj měl na sobě speciální livrej

Ce valet de pied avait un visage rond et de grands yeux comme une grenouille

Tento lokaj měl kulatý obličej a velké oči jako žába

**C'est le valet de pied qui ressemblait à un poisson qui a
initié la cérémonie**
Lokaj, který vypadal jako ryba, zahájil obřad
Il sortit quelque chose de sous son bras
Vytáhl něco zpod paže
et il tira de dessous son bras une enveloppe
a vytáhl zpod paže obálku
et cette enveloppe, il la remit à l'autre valet de pied
a tuto obálku předal druhému lokajovi
D'un ton cérémoniel, il lui donna les ordres
Obřadným tónem mu sdělil rozkazy
« Ce message s'adresse à la duchesse »
"Tato zpráva je pro vévodkyni"
« Une invitation de la reine à jouer au croquet »
"Pozvání od královny ke hře kroketu"
**Le valet de pied qui ressemblait à une grenouille répéta
l'ordre**
Lokaj, který vypadal jako žába, zopakoval rozkaz
« De la reine »
"Od královny"
« Une invitation »
"pozvánka"
« pour la duchesse »
"pro vévodkyni"
« Jouer au croquet »
"Hraní kroketu"
Puis ils s'inclinèrent tous les deux
Pak se oba hluboce uklonili
et les boucles de leurs perruques s'emmêlèrent
a kudrlinky v jejich parukách se zapletly do
**Bientôt, le valet de pied qui ressemblait à un poisson a
disparu**
Lokaj, který vypadal jako ryba, brzy zmizel
**Mais le valet de pied qui ressemblait à une grenouille était
toujours là**
ale lokaj, který vypadal jako žába, tam stále byl
Il était assis par terre près de la porte

Seděl na zemi u dveří
Il regardait bêtement le ciel
hloupě zíral na oblohu
Alice s'approcha timidement de la porte et frappa
Alenka přistoupila nesměle ke dveřím a zaklepala
— Il ne sert à rien de frapper, dit le valet de pied
"Klepat nemá smysl," řekl lokaj
« Et ce, pour deux raisons »
"A to ze dvou důvodů"
« D'abord, parce que je suis du même côté de la porte que toi »
"Za prvé proto, že jsem na stejné straně dveří jako ty"
« Deuxièmement, parce qu'ils font tellement de bruit à l'intérieur »
"Za druhé, protože uvnitř dělají tolik hluku"
« Personne ne pouvait vous entendre »
"Nikdo vás nemohl slyšet"
Et il y avait certainement un bruit des plus extraordinaires à l'intérieur
A uvnitř se skutečně odehrával neobyčejný hluk
des hurlements et des éternuements constants
Neustálé kvílení a kýchání
et de temps en temps un bruit de grand fracas
a tu a tam se ozval zvuk velkého třesku
comme si un plat ou une bouilloire avait été brisé en morceaux
jako by se nádobí nebo konvice rozbily na kusy
« Comment vais-je entrer ? » demanda Alice
"Jak se dostanu dovnitř?" zeptala se Alenka
— Faut-il que tu entres ? dit le valet de pied
"Měl byste se vůbec dostat dovnitř?" zeptal se lokaj
« C'est la première question, vous savez »
"To je první otázka, víš"
Alice ouvrit la porte et entra
Alenka otevřela dveře a vešla dovnitř
La porte menait directement à une grande cuisine
Dveře vedly přímo do velké kuchyně

La cuisine était pleine de fumée d'un bout à l'autre
Kuchyně byla plná kouře z jednoho konce na druhý
au milieu de la cuisine se trouvait la duchesse
uprostřed kuchyně stála vévodkyně
Elle était assise sur un tabouret à trois pieds
Seděla na třínohé stoličce
et elle allaitait un bébé
a ona kojila dítě
Le cuisinier était penché au-dessus du feu
Kuchařka se nakláněla nad ohněm
Il remuait un grand chaudron
míchal velký kotel
et le chaudron semblait être plein de soupe
a zdálo se, že kotel je plný polévky
« Il y a certainement trop de poivre dans cette soupe ! » Alice se dit
"V té polévce je určitě příliš mnoho pepře!" řekla si Alenka pro sebe
Elle l'a dit du mieux qu'elle a pu sans éternuer
Řekla to, jak nejlépe uměla, aniž by kýchla
Même la duchesse éternuait de temps en temps
Dokonce i vévodkyně občas kýchla
Mais les actions du bébé étaient les plus remarquables
Ale počínání dítěte bylo nejpozoruhodnější
Le bébé éternuait et hurlait alternativement
Dítě střídavě kýchalo a vylo
Il n'y avait pas un instant de pause entre les hurlements et les éternuements
Mezi vytím a kýchnutím nebyla ani chvilka pauzy
Il y avait deux créatures dans la cuisine qui n'éternuaient pas
V kuchyni byla dvě stvoření, která nekýchala
Le cuisinier était trop occupé pour éternuer
Kuchař byl příliš zaneprázdněn, než aby kýchl
et le gros chat ne semblait pas se soucier du poivre
a velké kočce zřejmě pepř nevadil
Au lieu de cela, le gros chat souriait d'une oreille à l'autre

Místo toho se velká kočka usmívala od ucha k uchu
— Pourriez-vous me le dire, s'il vous plaît, dit Alice un peu
timidement
"Řekla byste mi, prosím," řekla Alenka trochu ostýchavě
« Pourquoi ton chat sourit-il comme ça ? »
"Proč se tvoje kočka tak šklebí?"
« C'est un Cheshire-Cat, » dit la duchesse
"Je to kočka Šklíba," řekla vévodkyně
« Et c'est pourquoi il sourit d'une oreille à l'autre »
"A to je důvod, proč se usmívá od ucha k uchu"
« Je ne savais pas qu'un Cheshire-Cat souriait toujours »
"Nevěděl jsem, že se Šklíbská kočka vždycky usmívá"
« En fait, je ne savais pas que les chats pouvaient sourire », a
déclaré Alice
"Vlastně jsem nevěděla, že se kočky mohou šklebit," řekla
Alice
— Il y a beaucoup de choses que vous ne savez pas, dit la
duchesse
"je toho hodně, co nevíte," řekla Vévodkyně.
« Il y a beaucoup de choses que vous ne savez pas et c'est un
fait »
"Je toho hodně, co nevíte, a to je fakt"
Juste à ce moment-là, le cuisinier retira le chaudron de soupe
du feu
V tu chvíli kuchař sundal z ohně kotlík s polévkou
et aussitôt, elle commença à jeter tout ce qui était à sa portée
a okamžitě začala házet všechno, co jí přišlo do ruky
elle jeta tout ce qu'elle put sur la duchesse et le bébé
házela na vévodkyni a děťátko všechno, co mohla.
D'abord, elle jeta les fers à feu
Nejdřív hodila ohnivá železa
Puis elle a jeté une poignée de casseroles
Pak hodila hrst hrnců
et enfin elle jeta les assiettes et les plats
a nakonec házela talíře a nádobí
La duchesse ne fit pas attention à elle
Vévodkyněsi si jí nevšímala

Même lorsqu'elle a été frappée par une assiette, elle ne s'est pas inquiétée

i když ji zasáhl talíř, nedělala si starosti

Le bébé hurlait déjà tellement

Dítě už tak moc vylo

Il était donc impossible de dire si les coups blessaient le bébé ou non

takže se nedalo říct, jestli ty rány miminko bolely nebo ne

« Oh, je vous en prie, faites attention à ce que vous faites ! » s'écria Alice

"Ach, prosím vás, dávejte pozor, co děláte!" zvolala Alenka

et elle sautait de haut en bas dans une agonie de terreur

a poskakovala nahoru a dolů v agónii hrůzy

la duchesse offrit le bébé à Alice

Vévodkyně nabídla Alici děťátko

« Ici ! Tu peux allaiter un peu le bébé, si tu veux !

"Tady! Můžeš to dítě trochu nakojit, jestli chceš!"

et elle lui lança l'enfant tout en parlant

a mrštila po sobě dítětem, když mluvila

« Je dois aller me préparer à jouer au croquet avec la reine »

"Musím jít a připravit se na hru kroketu s královnou"

et elle se hâta de sortir de la chambre

a vyběhla z pokoje

Alice attrapa le bébé avec quelque difficulté

Alice chytila mládě s jistými obtížemi

parce que c'était une petite créature de forme très étrange

protože to bylo velmi podivně tvarované malé stvoření

et l'enfant tendit les bras et les jambes dans toutes les directions

a dítě natáhlo ruce a nohy na všechny strany

« Je ferais mieux d'emmener cet enfant avec moi », pensa Alice

"Raději vezmu toto dítě s sebou," pomyslila si Alenka

« Ils sont sûrs de tuer ce bébé dans un jour ou deux »

"Určitě to dítě zabijí za den nebo dva"

« Ne serait-ce pas un meurtre de laisser ce bébé derrière soi ? »

"Nebyla by to vražda nechat tohle dítě doma?"
Elle prononça les derniers mots à haute voix
Poslední slova řekla nahlas
Et la petite créature grogna en réponse
a to malé stvořeníčko zabručelo v odpověď
« Tu ferais mieux de ne pas te transformer en cochon, ma chère, » dit Alice
"Raději se neměň ve vepříka, má drahá," řekla Alenka
« ou alors je n'aurai plus rien à faire avec toi »
"Jinak s tebou už nebudu mít nic společného."
Alice commençait à peine à penser en elle-même :
Alenka se právězačínala domnívati:
« Maintenant, que vais-je faire de cette créature, quand je la ramène à la maison ? »
"A co si počnu s tím tvorem, až ho dostanu domů?"
Mais alors la petite créature grogna un peu violemment
ale pak stvořeníčko trochu prudce zavrčelo
et Alice baissa les yeux sur son visage avec une certaine inquiétude
a Alenka pohlédla mu do tváře s jistým znepokojením
Cette fois, il ne pouvait y avoir d'erreur à ce sujet
Tentokrát se nemohlo mýlit
Ce n'était ni plus ni moins qu'un cochon
nebylo to nic víc ani míň než prase
alors elle déposa la petite créature
A tak stvořeníčko položila na zem
et la petite créature s'éloigna tranquillement dans le bois
a stvořeníčko tiše odklusalo do lesa
Alice se sentit tout à fait soulagée de voir la créature partir
Alence se velmi ulevilo, když viděla stvůrce odcházet
Alice fut un peu surprise en voyant le Chat-Cheshire
Alenka sebou trochu polekala, když spatřila Kašmírskou kočku
Il était assis sur une branche d'arbre à quelques mètres de là
Seděl na větvi stromu pár metrů od něj
Le chat ne sourit que lorsqu'il la vit
Kočka se jen usmála, když ji uviděla

« Chat du Cheshire », commença Alice un peu timidement
"Šklíbská kočka," začala Alenka poněkud ostýchavě
« Pourriez-vous s'il vous plaît me dire dans quelle direction
je dois aller à partir d'ici ? »
"Mohl byste mi prosím říci, kudy mám odsud jít?"
« Dans cette direction », dit le chat
"Tímhle směrem," řekla kočka
et il agita la patte droite
a mávl pravou tlapkou kolem sebe
« C'est dans cette direction que vit un fabricant de
chapeaux »
"V tomto směru žije výrobce klobouků"
puis le chat agita son autre patte
a pak kočka mávla druhou tlapkou
« Et dans cette direction vit un lièvre de marche »
"A v tom směru žije zajíc pochodový"
« Visitez l'un ou l'autre de vos goûts ; Ils sont tous les deux
fous"
"Navštivte, co chcete; Oba jsou šílení."
— Mais je ne veux pas aller parmi des fous, remarqua Alice
"Ale já nechci jít mezi šílené lidi," poznamenala Alenka
« Oh, tu ne peux pas t'en empêcher, » dit le Chat
"Ó, s tím si nemůžete pomoci," řekla Kočka
« Nous sommes tous fous ici »
"Všichni jsme tu šílení"
« Tu joues au croquet avec la reine aujourd'hui ? »
"Hrajete dnes kroket s královnou?"
— J'aimerais beaucoup, dit Alice
"Velmi ráda bych," řekla Alice
« mais je n'ai pas encore été invité »
"ale ještě jsem nebyl pozván"
« Tu me verras là-bas », dit le Chat
"Tam mě uvidíte," řekla Kocour
et d'un instant à l'autre le chat disparaissait
a kočka z jednoho okamžiku na druhý mizela
bientôt Alice arriva en vue de la maison du lièvre de marche
brzy se Alenka dostala na dohled domečku zajíce březňáka

C'était une très grande maison
Byl to velmi velký dům
alors Alice ne voulait pas s'approcher de la maison
Alenka se tedy nechtěla přibližovat k domu
D'abord, elle a dû grignoter un peu plus du morceau de champignon du côté gauche
Nejdřív musela ukousnout ještě kousek houby na levé straně

Un thé fou
Šílený čajový dýchánek

Devant la maison, il y avait un arbre
Před domem stál strom
et sous l'arbre, il y avait une table
a pod stromem byl stůl
et la table était dressée avec toutes sortes de couverts
a stůl byl prostřen všelijakými příbory
Le lièvre de mars et le chapelier étaient à table
Zajíc březňák a kloboučník seděli u stolu
et ensemble ils prenaient le thé
a společně popíjeli čaj
Un loir était assis entre eux
Mezi nimi seděl plch
et le loir dormait profondément
a Plch tvrdě spal
La table était d'une taille extraordinaire
Stůl byl mimořádně velký
mais la majeure partie de la table était inoccupée
ale většina stolu byla neobsazená
**Ils étaient assis serrés les uns contre les autres dans un coin
de la table**
seděli namačkáni v jednom rohu stolu
et pourtant ils s'excusaient quand ils voyaient Alice
a přece se vymlouvali, když viděli Alenku
« Pas de place ! Pas de place ! » crièrent-ils
"Není místo! Žádné místo!" křičeli
« Il y a beaucoup de place ! » dit Alice avec indignation
"Místa je tu dost!" řekla Alenka rozhořčeně
**À l'une des extrémités de la table, il y avait un grand
fauteuil**
Na jednom konci stolu stálo velké křeslo
et Alice s'assit dans le fauteuil
a Alenka se posadila do křesla
Le chapelier ouvrit de grands yeux
kloboučník otevřel oči dokořán
Il n'arrivait pas à croire ce qu'il voyait

nemohl uvěřit tomu, co vidí
Mais son esprit était curieux d'autres choses
ale jeho mysl byla zvědavá na jiné věci
« Pourquoi un corbeau est-il comme un bureau ? »
"Proč je havran jako psací stůl?"
Alice était prête à relever le défi
Alice byla této výzvě otevřená
**« Je suis content qu'ils aient commencé à poser des
énigmes »**
"Jsem rád, že se začali ptát na hádanky"
— Je crois que je peux le deviner, ajouta-t-elle à haute voix
"To věřím, že dokážu odhadnout," dodala nahlas
Le lièvre de mars s'est curieux de connaître Alice
Zajíc březňák se začal zajímat o Alenku
**« Pensez-vous vraiment que vous pouvez trouver la réponse
? »**
"Opravdu si myslíš, že dokážeš najít odpověď?"
— Je crois que je peux trouver la réponse, en effet, dit Alice
"Myslím, že opravdu najdu odpověď," řekla Alenka
**« Alors, tu devrais dire ce que tu veux dire », continua le
lièvre de marche**
"Tak to bys měl říct, co si myslíš," pokračoval zajíc pochodový
— Je dis ce que je pense, répondit vivement Alice
"Říkám, co mám na mysli," odpověděla Alenka spěšně
« à tout le moins, je pense ce que je dis »
"přinejmenším myslím vážně to, co říkám"
« C'est la même chose, vous savez »
"To je to samé, víš"
Le loir a également contribué à la conversation
Do konverzace přispěl i plch
mais le loir semblait parler dans son sommeil
ale Plch se zdál mluviti ze spaní
« Je respire quand je dors »
"Dýchám, když spím"
« Je dors quand je respire ! »
"Spím, když dýchám!"
« Autant dire qu'ils sont les mêmes aussi »

"To bys mohl říct, že jsou taky stejní."
« C'est la même chose pour toi », dit le chapelier
"S vámi je to stejné," řekl kloboučník
Et il versa un peu de thé sur le nez du loir
a nalil plchu na nos trochu čaje
Le Loir secoua la tête avec impatience
Sedmispánetrpělivězavrtěl hlavou
et le loir parla de nouveau, sans ouvrir les yeux
A opět promluvil Plch, aniž otevřel oči
« Bien sûr, bien sûr que c'est la même chose »
"Samozřejmě, samozřejmě, že je to stejné."
« C'est juste ce que j'allais dire moi-même »
"to jsem chtěl říct sám"

Le chapelier se tourna vers Alice et lui posa une autre question
Kloboučník se obrátil k Alence a položil další otázku
« As-tu déjà deviné l'énigme ? »
"Už jste uhodl tu hádanku?"
« Non, j'abandonne », a concédé Alice
"Ne, vzdávám to," připustila Alice
« Quelle est la réponse ? » voulait-elle savoir
"Jaká je odpověď?" chtěla vědět
— Je n'en ai pas la moindre idée, dit le chapelier
"Nemám nejmenší tušení," řekl kloboučník

« Moi non plus, » dit le lièvre de marche
"Ani já nevím," řekl zajíc pochodňový
Alice poussa un soupir de lassitude
Alenka si unaveně povzdechla
« Il y a de meilleures utilisations du temps que des énigmes sans réponses »
"Čas se dá využít lépe než hádanky bez odpovědí"
« Prends encore du thé », dit le lièvre de marche à Alice, très sérieusement
"dejte si ještě trochu čaje," řekl zajíc březňák Alence velmi vážně
Alice était assez offensée par l'offre
Alice byla tou nabídkou docela uražena
— Je n'ai pas encore pris de thé, répondit Alice
"Ještějsem nepila čaj," odpověděla Alenka
« donc je ne peux plus prendre de thé »
"proto si už nemůžu dát čaj"
— Vous voulez dire que vous ne pouvez pas prendre moins de thé, dit le chapelier
"Chcete říct, že nemůžete mít méně čaje," řekl kloboučník
« C'est très facile de prendre plus que rien »
"Je velmi snadné vzít si více než nic"
À ces mots, Alice se leva et s'en alla
Na to Alenka vstala a odešla
Le loir s'endormit instantanément
Plch okamžitě usnul
et ni l'un ni l'autre ne firent la moindre attention à son départ
a ani jeden z ostatních si jejího odchodu ani v nejmenším nevšiml
bien qu'elle ait regardé en arrière une ou deux fois
i když se jednou nebo dvakrát ohlédla
Ils essayaient de mettre le loir dans la théière
Pokoušeli se strčit plcha do konvice
« En tout cas, je n'y retournerai plus ! » dit Alice
"V každém případě tam už nikdy nepůjdu!" řekla Alenka
et elle se fraya un chemin à travers les bois

a kráčela lesem
« c'était le thé le plus stupide auquel j'aie jamais assisté »
"to byl ten nejhloupější čajový dýchánek, na kterém jsem kdy byla"
Juste au moment où elle disait cela, elle remarqua quelque chose
Právě když to řekla, všimla si něčeho
L'un des arbres avait une porte qui y menait directement
Jeden ze stromů měl dveře, které vedly přímo dovnitř
« C'est très intéressant ! » a-t-elle pensé
"To je velmi zajímavé!" pomyslela si
« Je pense que je peux aussi bien passer la porte »
"Myslím, že bych mohl jít do dveří."
Et elle passa par la porte
A ona prošla dveřmi
Une fois de plus, elle se retrouva dans le long couloir
Znovu se ocitla v dlouhé síni
de nouveau, elle était près de la petite table de verre
Opět stála blízko malého skleněného stolku
Elle prit la petite clé d'or
Vzala si malý zlatý klíč
et elle ouvrit la porte qui donnait sur le jardin
a odemkla dveře, které vedly do zahrady
Puis elle s'est mise au travail pour grignoter le champignon
Pak se pustila do okusování houby
Elle avait gardé un morceau du champignon dans sa poche
Kousek houby si nechala v kapse
Et finalement, elle mesurait environ un mètre
a nakonec byla asi metr vysoká
Puis elle descendit le petit couloir
Pak kráčela malou chodbičkou
Et puis elle s'est finalement retrouvée dans le magnifique jardin
a pak se konečně ocitla v té krásné zahradě
et elle était parmi les fleurs brillantes et les fontaines fraîches
a byla mezi jasnými květinami a chladnými fontánami

Le terrain de croquet de la reine
Královnin kroketový ground
Un grand rosier se dressait près de l'entrée du jardin
U vchodu do zahrady stál velký růžový keř
Les roses qui poussaient sur l'arbre étaient blanches
Růže rostoucí na stromě byly bílé
Mais il y avait trois jardiniers qui peignaient la rose
ale byli tam tři zahradníci, kteří růži malovali
Ils étaient occupés à peindre les roses en rouge
Pilně natírali růže na červeno
et Alice les regardait peindre les roses en rouge
a Alenka se dívala, jak malují růže na červeno
et soudain leurs yeux tombèrent par hasard sur Alice
a náhle jejich oči náhodou padly na Alenku
Alice parlait un peu timidement
Alenka mluvila trochu ostýchavě
« Pourriez-vous me le dire, s'il vous plaît ? »
"Mohl byste mi to říct, prosím."
« Pourquoi peignez-vous tous ces roses ? »
"Proč všichni malujete ty růže?"
cinq et sept ne dirent rien, mais regardèrent deux
Pětka a sedm neřekli nic, jen se podívali na dva
deux d'entre eux parlèrent à voix basse
dva mluvili, tichým hlasem
— Eh bien, le fait est, voyez-vous, madame.
"Víte, skutečnost je taková, madam"
« Celui-ci aurait dû être un rosier rouge »
"Tohle by měl být červený růžový keř"
« Et nous avons mis un rosier blanc par erreur »
"a omylem jsme tam vložili bílý růžový keř"
« Comme vous en conviendrez, la reine ne doit pas le découvrir »
"Jak jistě souhlasíte, královna se to nesmí dozvědět"
« Sinon, nous aurions tous la tête tranchée »
"Jinak by nám všem usekli hlavy"
« Alors vous voyez, madame, nous faisons de notre mieux »
"Tak vidíte, madam, děláme, co je v našich silách."

La cinquième carte avait regardé anxieusement à travers le jardin

Karta pět se úzkostlivě rozhlížela po zahradě

À ce moment, la cinquième carte cria : « La dame ! La reine !

V tu chvíli karta pět volala: "Královna! Královna!"

Et les trois jardiniers s'enfuirent aussitôt

a tři zahradníci okamžitě odběhli pryč

et ils se jetèrent à plat ventre

a vrhli se tváří k zemi

Il y eut un bruit de nombreux pas

Ozvalo se mnoho kroků

Alice regarda autour d'elle, impatiente de voir la reine

Alenka se rozhlédla kolem sebe, dychtivá spatřit královnu

Au début de la procession se trouvaient dix soldats

Na začátku průvodu stálo deset vojáků

leurs mains et leurs pieds étaient dans les coins

ruce a nohy měli v rozích

et dans leurs mains et leurs pieds étaient des massues

a v jejich rukou a nohou byly kyje

Venaient ensuite les dix courtisans

Jako další přišlo deset dvořanů

Les courtisans étaient partout ornés de diamants

Dvořané byli po celém těle ozdobeni diamanty

Après les courtisans sont venus les enfants royaux

Po dvořanech přišly královské děti

Il y avait dix enfants royaux

Královských dětí bylo deset

et tous les enfants royaux étaient ornés de cœurs

a všechny královské děti byly ozdobeny srdíčky

Venaient ensuite les invités ; principalement des rois et des reines

Za nimi přišli hosté; většinou králové a královny

et parmi les rois et la reine, Alice vit quelqu'un

a mezi králi a královnou viděla Alenka někoho

Elle revit le lapin blanc qu'elle avait chassé

Znovu spatřila bílého králíka, kterého pronásledovala

Le cortège était suivi par le valet de cœur

Průvod šel za ním srdcový kluk
Il portait la couronne du roi
nesl královskou korunu
et la couronne du roi était sur un coussin de velours cramoisi
a královská koruna byla na karmínové sametové podušce
Et puis vint la fin de ce grand cortège
a pak přišel konec tohoto velkého průvodu
Et là, à la fin, il y avait le Roi et la Reine de Cœur
a tam na konci byli Král a Královna srdcí
le cortège arriva en face d'Alice
průvod šel proti Alence
et ils s'arrêtèrent tous et la regardèrent
a všichni se zastavili a podívali se na ni
et la reine dit sévèrement : « Qui est-ce ? »
a královna řekla přísně: "Kdo je to?"
Elle l'a dit au Valet de Cœur
Řekla to Srdcovému Klukovi
Mais il s'est contenté de s'incliner et de sourire en réponse
ale on se jen uklonil a usmál se v odpověď
Alice parla très poliment
Alenka mluvila velmi zdvořile
« Je m'appelle Alice, alors faites plaisir à Votre Majesté »
"Jmenuji se Alice, tak prosím Vaše Veličenstvo"
Mais elle avait d'autres pensées pour elle-même
ale měla pro sebe jiné myšlenky
« Ce n'est qu'un jeu de cartes, après tout ! »
"Vždyť jsou to jen balíčky karet!"
« Savez-vous jouer au croquet ? » cria la reine
"Umíte hrát kroket?" zvolala královna
La question était évidemment destinée à Alice
Otázka byla zřejmě míněna Alence
— Oui ! dit Alice d'une voix forte
"Ano!" zvolala Alenka hlasitě
« Venez jouer alors ! » rugit la reine
"Tak pojďte hrát!" zařvala královna
une voix timide s'adressa à Alice
ostýchavý hlas promluvil k Alence

« C'est une très belle journée ! »
"Je to moc hezký den!"
Elle se promenait près du lapin blanc
Procházela se kolem bílého králíka
et le Lapin Blanc jetait un coup d'œil anxieux sur son visage
a Bílý Králík jí úzkostlivěpokujoval do tváře
« Une très belle journée, en effet, confirma Alice
"to byl opravdu velmi pěkný den," potvrdila Alenka
« Où est la duchesse ? »
"Kde je vévodkyně?"
« Chut ! Chut ! dit le Lapin
"Pst! Pst!" řekl Králík
« Elle est sous le coup d'une sentence d'exécution »
"Je pod trestem popravy"
« Pourquoi est-elle exécutée ? » demanda Alice
"Za co je popravena?" zeptala se Alenka
« Elle a éraflé les oreilles de la reine », commença le lapin
"Odřela královně uši," začal králík
cria la reine d'une voix de tonnerre
Královna vykřikla hromovým hlasem
« Retournez à vos endroits ! »
"Jděte na svá místa!"
et les gens se mirent à courir dans toutes les directions
a lidé začali pobíhat na všechny strany
et ils tombèrent tous les uns contre les autres
a všichni se zřítili jeden na druhého
Cependant, ils se sont calmés en une minute ou deux
Za minutu nebo dvě se však usadili
Et puis le jeu a commencé
a pak začala hra
Alice n'avait jamais vu un terrain de croquet aussi curieux
Alenka ještě nikdy neviděla tak podivný kroketový trávník
L'herbe n'était que crêtes et sillons
Tráva byla samá rýha a brázdy
Les boules de croquet étaient de vrais hérissons
Kroketové koule byli skuteční ježci
Et les maillets étaient de vrais flamants roses

a ty palice byli skuteční plameňáci

et les soldats se tinrent sur leurs mains et leurs pieds

a vojáci stáli na rukou i na nohou

Parce que les arches ont été faites à partir de leurs corps

protože oblouky byly vytvořeny z jejich těl

Les joueurs ont tous joué en même temps

Všichni hráči hráli najednou

Personne n'attendait son tour

nikdo nečekal, až na něj přijde řada

et tout le monde se querellait avec tout le monde

a každý se s každým hádal

et tous se battaient pour les hérissons

a všichni se prali o ježky

Bientôt, la reine fut dans une colère furieuse

Brzy se královna rozzuřila v zuřivém rozmaru

et elle s'est mise à piétiner et à crier

a začala dupat a křičet

« Coupez-lui la tête ! »

"Useknout mu hlavu!"

« Coupez-lui la tête ! »

"Useknout jí hlavu!"

« Coupez-leur la tête ! »

"Useknout jim všechny hlavy!"

De nouveau, Alice pensa en elle-même

Alenka si opět pomyslila u sebe

« Ils sont affreusement friands de décapiter les gens ici »

"Strašně rádi tady lidem stínají hlavy"

« Ce qui est très étonnant, c'est qu'il reste quelqu'un en vie !
»

"Největší div je, že vůbec někdo zůstal naživu!"

Elle cherchait un moyen de s'échapper

Rozhlížela se po nějakém úniku

Elle remarqua une curieuse apparition dans l'air

Všimla si podivného úkazu ve vzduchu

« C'est le chat du Cheshire », se dit-elle

"To je kočka Šklíba," řekla si pro sebe

« maintenant j'aurai quelqu'un à qui parler »

"teď budu mít s kým mluvit"
« Comment vas-tu ? » dit le chat
"Jak se vám daří?" zeptala se kočka
« Je ne pense pas qu'ils jouent du tout équitablement », a déclaré Alice
"Nemyslím si, že by vůbec hráli fér," řekla Alice
et elle avait un ton plutôt plaintif
a měla poněkud stěžující si tón
« Ils se querellent tous si affreusement »
"Všichni se tak strašně hádají"
« On ne s'entend pas parler »
"člověk neslyší sám sebe mluvit"
« Et ils ne semblent pas jouer selon des règles »
"a zdá se, že nehrají podle žádných pravidel"
le chat a posé une question à Alice à voix basse
Kočka položila Alence otázku tichým hlasem
« Comment aimez-vous la reine ? »
"Jak se ti líbí královna?"
— Je ne l'aime pas du tout, dit Alice
"Vůbec se mi nelíbí," řekla Alenka

Alice pensa qu'elle ferait aussi bien d'y retourner
Alice si pomyslila, že by se mohla rovnou vrátit zpět
Elle voulait voir comment le match se passait
Chtěla vidět, jak hra probíhá
Elle est partie à la recherche de son hérisson
Vydala se hledat svého ježka
Le hérisson était occupé à combattre un autre hérisson
Ježek byl zaneprázdněn bojem s jiným ježkem
C'était une excellente occasion
Byla to skvělá příležitost
Elle pouvait croquer un hérisson avec l'autre
Dokázala odpálit jednoho ježka s druhým
Mais son flamant rose était de l'autre côté du jardin
Ale její plameňák byl na druhé straně zahrady
Le flamant rose était plutôt maladroit
Plameňák byl poněkud nemotorný
Son flamant rose essayait de s'envoler dans un arbre
Její plameňák se snažil vyletět na strom
Elle attrapa le flamant rose par la patte
Chytila plameňáka za nohu
Et elle glissa le flamant rose sous son bras
a zastrčila plameňáka pod paži
De cette façon, le flamant rose ne pouvait plus s'échapper
Tak by plameňák nemohl znovu utéct
Juste à ce moment-là, Alice rencontra la duchesse
V té chvíli se Alenka náhodou setkala s vévodkyní
La duchesse était maintenant sortie de prison
Vévodkyně byla nyní venku z vězení
Elle glissa affectueusement son bras sous celui d'Alice
Láskyplně zastrčila svou paži pod Alenčinu paži
puis ils sont partis ensemble
a pak spolu odešli
Alice était très heureuse de la trouver d'une humeur si agréable
Alenka byla velmi ráda, že ji nalezla v tak příjemné náladě
Elle était cependant un peu surprise

Trochu se však polekala

Elle entendit la voix de la duchesse près de son oreille

Slyšela hlas vévodkyně blízko svého ucha

« Tu penses à quelque chose, ma chérie »

"Přemýšlíš o něčem, má drahá"

« Et ça fait oublier de parler »

"A kvůli tomu zapomínáte mluvit"

« Le jeu se passe un peu mieux maintenant », a déclaré Alice

"Hra se teď vyvíjí o něco lépe," řekla Alice

C'était une façon de poursuivre la conversation

Byl to jeden ze způsobů, jak udržet konverzaci v chodu

— C'est vrai, dit la duchesse

"je to opravdu tak," řekla vévodkyně.

« Et la morale de cela est la suivante : »

"A z toho plyne toto ponaučení:

« C'est l'amour qui fait tout ! »

"Je to láska, která to všechno dělá!"

« L'amour est ce qui fait tourner le monde »

"Láska je to, co hýbe světem"

Alice avait une autre explication

Alenka měla jiné vysvětlení

« C'est fait par tout le monde qui s'occupe de ses propres affaires ! »

"Dělá to tak, že si každý hledí svého!"

— Ah ! Vous pourriez avoir raison"

"Ach, dobrá! Mohl byste mít pravdu."

— Tout cela signifie à peu près la même chose, dit la duchesse

"Všechno to znamená skoro totéž," řekla vévodkyně

et elle enfonça son petit menton pointu dans l'épaule d'Alice

a zaryla svou ostrou bradu do Alenčina ramene

« Et la morale de cela est la suivante »

"A z toho plyne toto ponaučení"

« Prendre soin du sens »

"Pečujte o smysl"

« Et puis les sons prendront soin d'eux-mêmes »

"A pak se zvuky postarají samy o sebe"

Mais alors le bras de la duchesse se mit à trembler
Ale pak se Vévodkynině začala třást ruka
Alice leva les yeux et la reine se tenait là
Alenka vzhlédla a tu stála královna
La reine avait les bras croisés
Královna měla složené ruce
Et elle fronçait les sourcils comme un orage !
a mračila se jako bouřka!
« Je vous préviens », cria la reine
"Dávám vám upřímné varování," zvolala královna
et elle piétina le sol tout en parlant
a při těch slovech dupala po zemi
« Soit ta tête, soit sa tête doit être coupée »
"Buď tvoje hlava, nebo její hlava musí být mimo"
« Faites votre choix ! »
"Vyberte si!"
« Et soyez rapide à ce sujet »
"a pospěšte si s tím"
La duchesse fait son choix
Vévodkyně si vybrala
et au bout d'un instant la duchesse avait disparu
a v okamžiku byla vévodkyně pryč
Puis la reine s'adressa à Alice
Pak pravila královna k Alence
« Continuons le jeu »
"Pokračujme ve hře"
Alice était trop effrayée pour dire un mot
Alenka byla příliš ustrašena, než aby řekla jediné slovo
et elle la suivit lentement jusqu'au terrain de croquet
a pomalu ji následovala zpět na kroketový trávník
Pendant tout ce temps, la reine s'est querellée avec les autres joueurs
Po celou dobu se královna hádala s ostatními hráči
« Coupez-lui la tête ! »
"Useknout mu hlavu!"
« Coupez-lui la tête ! »
"Useknout jí hlavu!"

« Coupez-leur la tête ! »
"Useknout jim všechny hlavy!"
Bientôt, tous les joueurs ont été en garde à vue
Brzy byli všichni hráči ve vazbě
il ne restait que le roi, la reine et Alice
zůstali jen král, královna a Alenka
Puis la reine s'en alla, tout à fait essoufflée
Pak královna odešla, celá udýchaná
et elle s'en alla avec Alice
a odešla s Alicí
Alice entendit le roi dire quelque chose
Alenka slyšela krále mlčky cosi říkat
« Vous êtes tous pardonnés »
"Všichni jste omilostněni"
Mais soudain, un autre cri se fit entendre
ale náhle se ozval další výkřik
« Le procès commence ! »
"Soud začíná!"
et Alice courut avec les autres
a Alenka běžela s ostatními

Qui a volé les tartes ?
Kdo ukradl koláče?
Le roi et la reine de cœur étaient assis
Srdcový král a královna seděli
ils étaient sur leur trône quand Alice arriva
Seděli již na svém trůnu, když Alenka dorazila
Il y avait une grande foule rassemblée autour d'eux
Shromáždil se kolem nich velký zástup
Il y avait toutes sortes de petits oiseaux et de bêtes
Byly tam všelijaké malé ptačky a zvířata
Et il y avait tout le paquet de cartes
a byl tam celý balíček karet
Le coquin se tenait devant eux, enchaîné
Ten Srdcový Kluk stál před nimi, v okovech
et il y avait un soldat de chaque côté pour le garder
a po každé straně byl voják, který ho střežil
près du roi était le lapin blanc
U krále byl bílý králík
Il avait une trompette dans une main
V jedné ruce držel trubku
et il y avait un rouleau de parchemin dans l'autre main
a v druhé ruce držel svitek pergamenu
Au milieu de la cour se trouvait une table
Úplně uprostřed nádvoří byl stůl
Sur la table, il y avait un grand plat de tartes
Na stole byla velká mísa koláčů
« J'aimerais qu'ils fassent le procès », pensa Alice
"Kéž by tu zkoušku dokončili," pomyslela si Alice
« Alors nous pourrions manger quelques-uns de ces rafraîchissements ! »
"Tak bychom si mohli dát něco z toho občerstvení!"

Le juge, soit dit en passant, était le roi
Soudcem byl mimochodem král
et il portait sa couronne sur sa grande perruque
a korunu měl na hlavě přes svou velkou paruku
« C'est le banc des jurés, pensa Alice
"To je lavice pro porotu," pomyslila si Alenka
« Et ces douze créatures, je suppose qu'elles sont les jurés »
"a těch dvanáct tvorů, předpokládám, že jsou to porotci"
certains étaient des animaux, et d'autres étaient des oiseaux
některá byla zvířata a některá byla ptáci
Juste à ce moment-là, le lapin blanc a crié
V tu chvíli zvolal bílý králík
« Silence dans la cour ! »
"Ticho na dvoře!"
« Héraut, lisez l'accusation ! » dit le roi
"Herolde, přečtěte si obžalobu!" řekl král
Le lapin blanc souffla trois coups de trompette
Bílý králík třikrát zatroubil na trubku
Puis il déroula le parchemin
Pak rozvinul pergamenový svitek
Et il a lu ce qui suit :
a četl toto:
« La reine de cœur, elle a fait des tartes, »

"Srdcová královna, udělala nějaké koláče,"
« Tout cela, elle l'a fait un jour d'été »
"To vše dělala jednoho letního dne"
« Le valet de cœur, il a volé ces tartes »
"Srdcový kluk, ukradl ty koláče"
« Et il a emporté ces tartes loin ! »
"A ty koláče odnesl daleko!"
« Appelez le premier témoin », dit le roi
"Zavolej prvního svědka," řekl král
et le lapin blanc souffla trois coups de trompette
a Bílý králík třikrát zatroubil na polnici
« Amenez le premier témoin ! » cria-t-il
"Přiveďte prvního svědka!" zvolal
Le premier témoin était le chapelier
Prvním svědkem byl kloboučník
Il entra avec une tasse de thé dans une main
Přišel s šálkem čaje v jedné ruce
et il avait un morceau de pain et de beurre dans l'autre main
a v druhé ruce měl kousek chleba s máslem
« Tu aurais dû finir », dit le roi
"Měl jste skončit," řekl král
« Quand avez-vous commencé ? »
"Kdy jsi začal?"
Le chapelier regarda le lièvre de marche
Kloboučník pohlédl na zajíce březňáka
Le lièvre de marche l'avait suivi dans la cour
Zajíc březňák ho následoval do dvora
Il avait marché bras dessus bras dessous avec le loir
Kráčel ruku v ruce s plchem
« Le quatorzième mars, je crois, dit-il
"Myslím, že to bylo čtrnáctého března," řekl
« Rendez votre témoignage », dit le roi
"Vydejte své svědectví," řekl král
**« Et ne sois pas nerveux, ou je te ferai exécuter sur-le-
champ »**
"a nebuď nervózní, nebo tě nechám na místě popravit"
Cela n'a pas semblé encourager du tout le témoin

Nezdálo se, že by to svědka nějak povzbudilo
Il n'arrêtait pas de se déplacer d'un pied sur l'autre
Neustále přešlapoval z jedné nohy na druhou
et il regarda la reine avec inquiétude
a pohlédl znepokojeně na královnu
et, dans sa confusion, il mordit un gros morceau de sa tasse de thé
a ve svém zmatku si ukousl velký kus ze svého šálku čaje
En réalité, il voulait croquer dans son pain et son beurre
Opravdu chtěl ukousnout ze svého chleba s máslem
Juste à ce moment, Alice éprouva une sensation très curieuse
V této chvíli pocítila Alenka velmi podivný pocit
Elle commençait à grossir à nouveau
Začínala se opět zvětšovat
Le misérable chapelier laissa tomber sa tasse de thé
Zubožený kloboučník upustil svůj šálek čaje
et le pain et le beurre tombèrent à terre
a chléb s máslem padl na zem
et il mit un genou à terre
I poklekl na jedno koleno
« Je suis un pauvre homme, Votre Majesté », a-t-il commencé
"Jsem chudý člověk, Vaše Veličenstvo," začal
« Vous êtes un bien mauvais orateur, » dit le roi
"Jste velmi špatný řečník," řekl král
« Tu peux y aller, » dit le roi
"Můžeš jít," řekl král
et le chapelier quitta précipitamment la cour
a kloboučník spěšně opustil dvůr
« Appelez le témoin suivant ! » dit le roi
"Zavolej dalšího svědka!" řekl král
Le témoin suivant fut le cuisinier de la duchesse
Dalším svědkem byla kuchařka vévodkyně
Elle portait la poivrière à la main
V ruce nesla pepřenku
et les gens près de la porte se mirent à éternuer tout à coup
a lidé u dveří najednou začali kýchat
« Rendez votre témoignage », dit le roi

"Vydejte své svědectví," řekl král
— **Je ne donnerai aucun témoignage, dit le cuisinier**
"Nebudu vypovídat," řekl kuchař
Le roi regarda anxieusement le lapin blanc
Král úzkostlivě pohlédl na bílého králíka
Et le lapin blanc parlait d'une voix douce
a Bílý Králík promluvil tichým hlasem
« Votre Majesté doit contre-interroger ce témoin »
"Vaše Veličenstvo musí tohoto svědka podrobit křížovému
výslechu"
« Eh bien, s'il le faut, il le faut, » dit le roi
"No, když musím, tak musím," řekl král
« De quoi sont faites les tartes ? »
"Z čeho se vyrábějí koláče?"
**« Les tartes sont faites de poivre, principalement », a déclaré
le cuisinier**
"Koláče se většinou vyrábějí z pepře," řekl kuchař
**Pendant quelques minutes, toute la cour fut dans la
confusion**
Po několik minut byl celý dvůr ve zmatku
Finalement, ils se sont tous calmés
Nakonec se všichni zase uklidnili
Mais à ce moment-là, le cuisinier avait disparu
ale to už kuchařka zmizela
« N'importe ! » dit le roi
"To nevadí!" řekl král
« Appel à la barre du prochain témoin »
"Předvolejte dalšího svědka"
Alice regarda le lapin blanc qui tâtonnait sur la liste
Alenka se dívala na bílého králíka, jak tápavě procházel
seznamem
**Vous pouvez imaginer sa surprise à ce qu'elle a entendu
ensuite**
Dokážete si představit její překvapení z toho, co slyšela
vzápětí
à tue-tête de sa petite voix aiguë, il appela le nom « Alice ! »
z plna hrdla svého pronikavého hlásku zavolal jméno "Alice!"

Le témoignage d'Alice
Alenčina výpověď

« Ici ! » s'écria Alice
"Zde!" zvolala Alenka
Elle se leva d'un bond en toute hâte
Vyskočila ve velkém spěchu
et elle renversa le banc des jurés
a převrhla lavici porotců
et elle renversa tous les jurés
a porazila všechny porotce
et ils tombèrent sur la tête de la foule en bas
a padli na hlavy zástupu dole
Alice était dans un grand désarroi
Alenka byla velmi zděšena
« Oh ! je vous demande pardon ! » s'écria-t-elle
"Ach, prosím za odpuštění!" zvolala
« Le procès ne peut pas avoir lieu », dit le roi
"Proces nemůže pokračovat," řekl král
« Les jurés doivent retourner à leur place »
"Porotci se musí vrátit na svá místa"
Il répéta l'ordre avec beaucoup d'emphase
Příkaz zopakoval s velkým důrazem
et il regarda Alice d'un air sévère
a pohlédl přísně na Alenku
« Que savez-vous de ces événements ? » demanda le roi à Alice
"Co vy víte o těchto událostech?" zeptal se král Alenky
— Je ne sais rien à ce sujet, dit Alice
"O tom nic nevím," řekla Alenka
Le roi lut ensuite un extrait de son livre
Král pak četl ze své knihy
« Règle quarante-deux »
"Pravidlo čtyřicet druhé"
« Toutes les personnes de plus d'un kilomètre de haut doivent quitter le tribunal »
"Všechny osoby vyšší než jednu míli musí opustit soudní síň"
« Je ne suis pas à un mille de haut, » dit Alice

"Nejsem ani míli vysoká," řekla Alenka
« Près de deux milles de haut », dit la reine
"Skoro dvě míle vysoko," řekla královna

— **Eh bien, je refuse d'y aller, dit Alice**
"Nu, já odmítám jít," řekla Alenka
Le roi pâlit
Král zbledl
et il ferma précipitamment son carnet
a spěšně zavřel svůj zápisník
« Considérez votre verdict », a-t-il dit au jury
"Zvažte svůj verdikt," řekl porotě
Il parlait d'une voix basse et tremblante
Mluvil tichým, chvějícím se hlasem
Puis le lapin blanc prit la parole
Pak promluvil Bílý Králík
« Il y a encore plus de preuves à venir »
"Ještě přijdou další důkazy"
et il se leva d'un bond en toute hâte
a vyskočil ve velkém spěchu

« Ce papier vient d'être retiré »
"Tento článek byl právě vyzvednut"
« On dirait que c'est une lettre écrite par le prisonnier »
"Zdá se, že je to dopis napsaný vězněm"
Il déplia le papier tout en parlant
Při těch slovech rozložil papír
« Ce n'est pas une lettre, après tout »
"Koneckonců to není dopis"
« Ce que c'était, c'était un ensemble de versets »
"What It Was byl soubor veršů"
« S'il vous plaît, Votre Majesté », dit le coquin
"Prosím, Vaše Veličenstvo," řekl Srdcový Kluk
« Je n'ai pas écrit ces vers »
"Já jsem ty verše nenapsal"
« et ils ne peuvent pas prouver que j'ai écrit quoi que ce
soit »
"a nemohou dokázat, že jsem něco napsal"
« Il n'y a pas de nom signé à la fin »
"Na konci není podepsáno žádné jméno"
Le roi parla au fripon
Král mluvil k Klukovi
« Vous avez dû vouloir causer des méfaits »
"Musel jsi mít v úmyslu způsobit nějakou neplechu."
« Sinon, tu aurais signé ton nom comme un honnête
homme »
"Jinak byste se podepsal jako čestný muž"
Il y eut un claquement général de mains
Ozval se všeobecný potlesk
Et le roi se tourna vers le lapin blanc
Král se obrátil k Bílému Králíkovi
« Lisez les vers », ordonna-t-il
"Přečtěte si ty verše," nařídil
Il y eut un silence de mort dans la cour
V soudní síni bylo hrobové ticho
et le lapin blanc lut les versets
a Bílý Králík předčítal verše
Ils m'ont dit que vous étiez allé chez elle

Řekli mi, že jste u ní byl
Et ils lui parlèrent de moi
A zmínili se mu o mně
Elle m'a donné un bon caractère
Dala mi dobrý charakter
Mais elle a dit que je ne savais pas nager
Ale ona řekla, že neumím plavat
Il leur a fait savoir que je n'étais pas parti
Poslal jim zprávu, že jsem neodešel
Nous savons que c'est vrai
Víme, že je to pravda
Si elle poussait l'affaire, que deviendriez-vous ?
Kdyby tu záležitost protlačila, co by se stalo s vámi?
Je lui en ai donné un, ils lui en ont donné deux
Dal jsem jí jednu, on dal dvě
Vous nous en avez donné trois ou plus
Dal jsi nám tři nebo více
Ils sont tous revenus de sa part vers vous
Všichni se od něho vrátili k tobě
bien qu'ils aient été les miens avant
i když předtím byly moje
Si j'avais la chance d'être
Kdybych já nebo ona náhodou byli
Si j'étais impliqué dans cette affaire
Pokud bych já nebo ona byli do této záležitosti zapojeni
Il compte en vous pour les libérer
Důvěřuje vám, že je osvobodíte
Exactement comme nous étions
Přesně takoví, jací jsme byli my
Mon idée, c'est que vous aviez été
Moje představa byla, že jste byl
Avant qu'elle n'ait cette crise
Než dostala tenhle záchvat
Un obstacle qui s'est dressé entre
Překážka, která přišla mezi
Lui, et nous-mêmes, et cela
Jeho, a nás, a to

Ne lui faites pas savoir qu'elle les aimait mieux
Nedejte mu najevo, že se jí líbily nejvíc
Car cela doit être à jamais un secret, caché à tous les autres
Neboť to musí být navždy tajemstvím, utajeným přede všemi
ostatními
Ce secret doit rester un secret entre vous et moi
Toto tajemství musí zůstat tajemstvím mezi vámi a mnou
Le roi était très impressionné
Na krále to udělalo velký dojem
**« C'est la preuve la plus importante que nous ayons
entendue jusqu'à présent »**
"To je nejdůležitější důkaz, který jsme zatím slyšeli"
**— Je ne crois pas que ces vers aient un atome de sens,
objecta Alice**
"Nevěřím, že ty verše v sobě nesou ani špetku významu,"
namítla Alenka
le roi avait sa propre opinion sur la question
král měl na věc svůj vlastní názor
**« S'il n'y a pas de sens dans ces mots, cela sauve un monde
de problèmes »**
"Pokud v těchto slovech není žádný význam, ušetří to svět
problémů"
**« Alors nous n'avons pas besoin d'essayer de trouver le
sens »**
"Pak se nemusíme pokoušet najít smysl"
« Laissons le jury délibérer sur son verdict »
"Nechť porota zváží svůj verdikt"
« Non, non ! » dit la reine
"Ne, ne!" řekla královna
« La condamnation d'abord, le verdict ensuite »
"Nejprve rozsudek – poté rozsudek"
« Des bêtises et des bêtises ! » dit Alice à haute voix
"Nesmysly a nesmysly!" řekla Alenka hlasitě
« Comme il est stupide de condamner l'accusé en premier ! »
"Jak hloupé je odsoudit obžalovaného jako prvního!"

« Tais-toi ! » dit la reine en devenant violette
"Mlčte!" řekla královna a zbrunátněla
« Je ne me tairai pas ! » dit Alice
"Nebudu držet jazyk za zuby!" řekla Alenka
cria la reine à tue-tête
Vykřikla královna z plna hrdla
« Coupez-lui la tête ! »
"Useknout jí hlavu!"
Personne n'a fait un mouvement
Nikdo neudělal ani pohyb
« Qui se soucie de ce que vous dites ? » dit Alice
"Koho zajímá, co říkáte?" řekla Alenka
Elle avait atteint sa taille maximale à ce moment-là
V té době už vyrostla do své plné velikosti
« Tu n'es rien d'autre qu'un jeu de cartes ! »
"Nejsi nic jiného než balíček karet!"
À ces mots, toutes les cartes se levèrent dans les airs
Na to se všechny karty zvedly do vzduchu
et toutes les cartes s'abattaient sur elle

a všechny karty se na ni snesly
Elle poussa un petit cri
Trochu vykřikla
Elle était à moitié effrayée, mais aussi en colère
Napůl se bála, ale také zlobila
Et elle a essayé de se battre contre les cartes
a snažila se ze sebe sehnat karty
puis elle se retrouva allongée sur le talus d'herbe
a pak zjistila, že leží na břehu trávy
Sa tête était sur les genoux de sa sœur
Hlavu měla v klíně své sestry
Des feuilles mortes s'étaient posées sur son visage
Na tváři jí přistálo několik mrtvých listů
et sa sœur balayait doucement les feuilles
a její sestra jemně odčesávala listí
« Réveille-toi, ma chère Alice ! » dit sa sœur
"Probuď se, Alice, drahá!" řekla její sestra
« Quel long sommeil tu as eu ! »
"Jaký jsi spal!"
« Oh, j'ai fait un rêve si curieux ! » dit Alice
"Ó, měla jsem takový divný sen!" řekla Alenka
Et elle raconta à sa sœur tout ce qu'elle pouvait se rappeler
A řekla své sestře všechno, co si pamatovala
toutes les étranges aventures que vous venez de lire
Všechna ta podivná dobrodružství, o kterých jste právě četli
Alice se leva et s'enfuit en courant
Alenka vstala a utekla
et elle pensait, tout en courant, à son rêve
a zatímco běžela, přemýšlela o svém snu
« Quel rêve merveilleux cela avait été ! »
"Jaký to byl nádherný sen!"